Ayumu & Saijyou

「欠けた記憶と宿命の輪」

欠けた記憶と宿命の輪

不浄の回廊3

夜光 花

キャラ文庫

この作品はフィクションです。
実在の人物・団体・事件などにはいっさい関係ありません。

目次

口絵・本文イラスト／小山田あみ

1 修行を終えて戻ってきたら

実家の最寄り駅に降り立った時、天野歩は大きく目を開いた。

「と、都会だぁー」

通り行く雑多な人々、立ち並ぶビル、いつの間にか建っていたタワーマンション、アーケードの店も若者向けの派手な店に様変わりしている。目に映るすべてのものが新鮮に感じられた。それも無理はない。何しろ、自分は二年もの間、山にこもっていたのだから。

（えーっ、いつの間にこんな……。うちの地元、田舎だと思ってたのに）

二年の間に実家の最寄り駅付近はすっかり都会と化していた。大きなショッピングモールはできているし、若者向けの店もたくさんあって、派手な服装の女子高生が駅前にはあふれている。グレーのくたびれたパーカにジーンズ、ぼろぼろのリュックという格好の歩は、地味すぎて浮くほどだ。山にこもっていた間は坊主頭だったせいで、まだ髪は短く、うなじが寒い。

（まるで浦島太郎だよ……）

居酒屋やゲームセンターがひしめく通りを歩きながら、歩は少し肌寒さを覚えてぶるりとした。

「……ちゃん、元気ないねぇー」

商店街を過ぎた辺りを歩いていると、見覚えのある駄菓子屋が出てきて、ぼそぼそとした声が聞こえた。歩が子どもの頃からやっている駄菓子屋だ。定番の商品が並ぶ店先に、薄汚れたベンチがあり、白髪のおばあちゃんが学ラン姿の男の子と座っていた。

「あら、あーちゃん」

懐かしさに歩が近づくと、白髪のおばあちゃんが歩を見てにっこりした。駄菓子屋の店主で、桜ばあちゃんと呼ばれている優しい老人だ。子どもの頃からずっと変わらずに、歩のことを「あーちゃん」と呼んでいる。

「久しぶりだねぇ。帰ってきたのかい？」

桜ばあちゃんはベンチに座ったまま、にこにこして聞く。紫色のスモックを着て、ちょこんと座っているので地蔵みたいだ。

「お久しぶりです。元気そうでよかった」

桜ばあちゃんにそう声をかけつつ、歩は隣に座っている陰気そうな男子生徒を見た。中学生くらいだろう。華奢な身体つきの眼鏡をかけた男子生徒で、全体的に生気がない。それは桜ばあちゃんも気づいているらしく、男子生徒の背中を優しく撫でている。

無意識のうちに目を細めて男子生徒を見ると、脳裏に学校で大きな身体の男の子にいじめられている姿が浮かんだ。数人がかりで囲まれて、お金をとられている映像が過ぎる。

「君、学校行く必要ないよ」

歩はしゃがみこんで男子生徒と目を合わせると、きっぱりと言った。びっくりしたように男子生徒の目が見開かれる。

「学校休んで、家の近くにある神社にお参りに行きなよ。そうすれば全部解決できるから」

歩は男子生徒に微笑みながら告げた。男子生徒の後ろに彼を守護する存在がいて、歩にメッセージを伝えてくれと頼んできたからだ。学校でいじめを受けているようだが、彼の家の近くにある縁切りが得意な神社にお参りすれば、事態は好転するようだ。

「神様って頼まれないと動けないいんだって。騙されたと思って、行ってお願いしてみて」

呆気に取られている男子学生の肩を叩き、歩は手を振って背中を向けた。いきなり現れた男に変なアドバイスをされて困惑しているだろうが、藁にも縋る思いで彼が神社に行く未来が視えた。きっと大丈夫だろう。

三月上旬、暦の上では春だが、まだ気温は低い日が続いている。バス停の傍に咲く一重花の梅が見頃で、和やかな気分になった。

（一年の修行の予定が二年もかかっちゃったけど……、やっと戻ってこれたんだ。西条君、会いたいよ）

達成感に胸を熱くしながら、歩は帰路についた。

歩は小さい頃から、人ならざるものが視える特殊な体質をしていた。

『拝み屋』を営む父の影響か、生まれつき霊能力が高かったようだ。小学校を卒業する頃にはその能力が薄れていたのだが、中学三年生になった春、西条希一という同級生と出会うことで人生が変わった。

西条は学校でも目立つほど顔の整った男子で、身長も高く、成績も優秀、運動神経も抜群という並み外れた生徒だった。けれど人を寄せつけない孤高の人で、口も悪く、いつも一人で行動していた。

歩はといえば、身長も低く、物覚えは悪いし、幼い頃は父の仕事のせいでいじめられっ子だったこともあって、学校では西条と真逆の存在だった。本来なら同じクラスでもほとんど会話をしないはずの二人だったが、偶然前後の席に座ったことで縁を持った。歩にとって西条は、無視できないものだった。明らかに悪霊と思しきものが、西条にまとわりついていたからだ。歩は何とかして西条にとり憑いている黒い影を追い払いたいと考えていた。その結果、逆に歩は霊障を受け、三年生の秋には学校に通えないくらいダメージを背負った。結局、卒業式にも行けないまま歩の中学校生活は終わりを告げた。

その後、進学はせず、実家で父の仕事を手伝いながら過ごしていた歩だが、二十四歳の夏、自身の誕生日と共に父から家を追い出され、一人暮らしを始めることを余儀なくされた。

運命的に西条と再会したのがこの時だ。

父の手配したアパートの隣が西条の住む家だったのだ。

西条はあの頃と同じ、口が悪く人嫌いな性格の上に、女性関係がだらしないという状況だった。再会して歩は西条への恋心に気づいた。中学生の頃、あれほど西条を助けたいと思ったのは、西条を好きだったからだと分かったのだ。

恋心を隠すのが苦手な歩は、すぐに西条に自分の気持ちを知られた。最初は敬遠していた西条だが、徐々に歩の存在を受け入れ、やがて恋仲になった。

その後、西条と同じマンションで暮らし、愛し合う日々は歩にとっても最高に幸せな時間だった。

けれど、いくつかの事件と関わっていくうちに、今の自分では駄目だという意識が歩に芽生えた。歩は霊能力が高い分、憑依されやすい性質を持っている。それなのに除霊もできないし、霊関係では失敗も多かった。きちんと修行をして、そういう間違いを犯さないようにしたいと歩は願った。西条としばらく離れて暮らすのは本当につらかったが、一年だけという約束で許してもらったのだ。

ところが一年の約束だった修行を終えるのに二年かかり、その間一度も西条と連絡を取れないまま来てしまった。修行中は世俗を断つのが原則だったので、仕方なかった。

二年の間、山の中以外は出るのを禁止されていたので、久しぶりに地元に帰り、たくさんの人や目がちかちかする雑多な店に面食らうばかりだ。

父の知り合いの僧侶の下で修行に明け暮れたこの二年の間に、歩の地元は様変わりしていた。それでも駅からバスで離れ、住宅街に出ると、見知った景色が現れてくる。子どもの頃に遊んだ公園や桜の続く並木道はそのままだ。

歩の生まれた家は、駅からバスで三十分ほどかかる場所にある。バスを降りると山が見えたり田んぼが広がったりするのどかな景色になる。変わっていないことに安心感を覚え、歩は実家を目指した。

民家の少ない奥まった場所に、漆喰の塀で囲まれた平屋の一見お寺みたいな建物が見えてくる。太い柱が二本立つ門を潜ると、竹林のある広い庭に、瓦屋根の日本家屋が建っている。歩の実家だ。門から正面玄関まで続く石畳を歩き、歩は意気込んで玄関の引き戸に手をかけた。

「ただいまー」

歩は元気よく声を出した。鍵のかかっていない引き戸を開けると、奥から愛犬のクロがワンワン吠えながらやってきた。実家で飼っている犬で、七歳の黒い雑種の犬だ。歩が帰ってきて嬉しいのか、飛び跳ねてぐるぐる回り出した。歩が身体を撫でると、尻尾を振って甘えてくる。

「おう、やっと戻ったか」

続いて廊下の奥から顔を出したのは、父の昭光だった。坊主頭に顎髭を生やしたガタイのいい中年男性で、父と並ぶと十人中十人に似ていないと言われる。青い作務衣姿で出てきて、腕を組む。母は歩が十六歳の頃に亡くなっているので、身内は父だけだ。

「父さん、ただいま戻りました」

歩はぺこりと頭を下げ、父を見上げた。眼光鋭い父と視線が合い、歩は顔を引き締めた。父がにやりと笑い、顎を撫でる。

「いい感じになったじゃねぇか。修行の成果が出てる。これなら安心してここを継がせられるな」

父には一目で歩の成長ぶりが分かったらしく、誇らしげに頷いている。元僧侶の父がやっている『拝み屋』と呼ばれる稼業は、主に霊関係で悩む多くの迷える人を救っている。看板などは出していないが、口コミだけで食っていけるくらいの収入を得ている。父は歩が自分の跡を継ぐと思っているが、歩はまだ断言はできない。

「うん、でも二年もかかっちゃったよ……」

靴を脱ぎながら、歩はため息と共に呟いた。

二年前、今の中途半端な自分では駄目だと決意し、歩は修行に行くことに決めた。あの頃は好きな人と一緒に暮らしていたけれど、仕事といえばコンビニでバイトしかしていなかった。霊関係で助けを求められても上手く導くことができない有様だったのだ。将来を考えなければいけない歳でもあったし、本格的に修行をして、成長するつもりだった。当初は一年の予定で修行をするはずだったのだが、自分が不器用なせいか、あるいは世俗にまみれていたせいか、予定より倍の二年もかかった。

「もう二十七歳だろ？　それにしてもずいぶん痩せたな」

父と一緒に居間に入り、熱いお茶を淹れてもらう。駅前は様変わりしたが、実家の居間は時が止まったように以前のままだ。ちゃぶ台も座布団も昔ながらのものだし、壁の古時計も棚に入っている仏具も同じものだ。窓際に置かれた大きな鳥かごにいたタイハクオウムの大和が、羽繕いしている姿も既視感がある。

「毎日山の中を駆け回っていたからね」

座布団に座り、お茶を口にして歩は笑った。以前はぽっちゃり体型だった歩だが、二年、修行したおかげですっかり引きしまった肉体になった。修行中は精進料理ばかりだったし、毎日のように山の中を駆け回っていたからだろう。問題はこれを維持できるかどうかだ。

「それで……父さん」

お茶を半分ほど飲んだところで、歩はちらりと目配せした。愛犬のクロは歩の横に伏せている。

「ん？」

「預けていたスマホを……」

内心気が急いているのを悟られまいと、歩はさりげなく切り出した。修行先からまっすぐ父の元に帰ってきたのは、無事に修行を終えた報告をすることと、重要な物品を返してもらうためだ。

そう、スマホ——。

修行する際、スマホは住職に預けることになっていた。最初は住職に預けておこうと歩も思ったのだが、修行を終えるまで一切触れることを許してもらえないと知り、父に預けることにした。

下界に戻ってきた今、歩がしたいことはただひとつだけだ。

恋人である西条に会いたい。

西条と連絡が取りたい。

(約束の一年どころか倍かかっちゃったから……絶対怒ってるよね。すぐ会いに行きたい)

うずうずした思いで歩は父を見つめた。西条の連絡先はすべてスマホに入っている。早く返してもらって、西条の現状を知りたかった。

(西条君が別の人とつき合ってたらどうしよう……っ、あー怖いっ)

さすがに二年も離れていると、さまざまな悪い妄想が頭を駆け巡る。とはいえ、西条を信じている気持ちも強かった。西条との間に育んだ絆(きずな)は、簡単には壊れないはずだ。想像で苦しむよりも、早く西条と連絡をとって今の西条と会って話したかった。

「おー。スマホか。えーと……どこだったかな」

父がぽんと手を打ち、戸棚をごそごそ探り始める。すぐに出てくるものと思っていたのに、五分経(た)っても十分経っても父は捜し続けている。

「父さん、俺のスマホ捨ててないよね?」

あまりに見つからないので不安になり、歩は立ち上がって父と一緒に戸棚を探し始めた。父はうんうん唸(うな)りながら「どこへやったかなぁ」と引き出しを開けまくっている。

「おっ、あった、あった」

ようやく見つかってホッとしたのも束の間、父にとんでもない発言をされた。

「あるけど、使えんぞ。一年前くらいに料金未払いの通知が来て、解約しちまったからな」

あっさりと言われ、歩は驚きのあまりスマホを床に落とした。

「嘘！　基本料金だけは払えるように通帳に残しておいたのに！」

修行の間は使えないとはいえ、スマホには知り合いの連絡先が入っている。解約したら電話番号も変わってしまうし、いろいろ面倒なのでそのままにしておいたのだ。基本料金は安かったし、問題ないと思っていた。

「通帳の残高が一年分くらいしか残ってなかったんだろ？　代わりに払ってやる義理もないし」

父はもらいものの煎餅を囓りながら、平然としている。

「そんなぁ……。うう、こんなことなら解約していくんだった。無駄なお金払っちゃったなぁ」

どのみち解約されるなら、早めにしておくべきだったと後悔しつつ、歩はスマホの充電をした。このスマホは使えないが、アドレス帳には西条の連絡先が残っている。

「電話借りるね」

実家の電話は恐ろしいことに未だに黒電話だ。小簞笥の上に置かれた黒電話の受話器を手に取り、充電を済ませたスマホのアドレス帳から西条の電話番号を探してかけた。

（ドキドキするぅ。西条君、元気かなぁ）

久しぶりに愛する西条と話せると思い、歩は緊張と興奮で鼓動を速めた。

ところが、予期せぬ展開が舞い降りた。

『おかけになった電話番号は、現在使われておりません。ご確認の上――』

耳に流れてくるのは、味気のないアナウンスだ。かけ間違えたのかと何度番号を回しても、やはり同じようなアナウンスが流れる。

（えっ、西条君もスマホを解約⁉　そんなまさか）

茫然（ぼうぜん）と受話器を握りしめ、歩は混乱した。

西条は以前、携帯電話の番号は最初に買った時からずっと変えていないと言っていた。機種変更をしても同じ番号にしていたそうだ。その西条が番号を変えたということは、大きな理由があるに違いない。

西条がスマホの番号を変えたということは、考えられる選択肢は二つだ。何らかの事故があって、スマホの番号を変更せざるを得なかった。あるいは、歩と連絡をとりたくないから番号を変えた。

（い、嫌な予感がする……。マジで……西条君、待ちくたびれて去って行っちゃったかも……)

受話器を握りしめたまま、歩はまだ見ぬ未来に怯(おび)えるばかりだった。


やっと実家に戻ってきたが、肝心の西条とはまだ会えていない。

実家に戻った日、歩は久しぶりに精進料理ではないふつうの夕食を口にした。修行中は肉、魚、卵という動物性の命を奪う食材は禁じられていて、野菜や豆類、穀物しか食べていない。最初はつらかったものの慣れると案外快適で、無駄な脂肪はすっかり減った。

(卵かけご飯、二年ぶりっ)

ほかほかの炊き立てのご飯に新鮮な卵を割って入れ、歩は元気を取り戻した。珍しく父が夕食を作ってくれたので、焼き立ての魚を食すことができた。帰ってきてすぐに西条と連絡がとれなかったのは悲しいが、自分には自由になる時間がたくさんある。

次の日、歩は予定もないのに朝の四時に目が覚めた。山での修行中は起床時間が四時だったので、身体がそれに慣れてしまったようだ。今さら堕落した生活を送るわけにもいかず、歩は日が昇る前から掃除をしたり食事を作ったりと動き回った。クロの散歩を終えた七時過ぎに、ようやく父が起きてきて、朝の四時に目覚めた歩を「老人か？」と揶揄した。

家の雑務を一通り終えてしまうと、やることがなくなった。父に断りを入れて、出かける支度をする。

（何とかして西条君と会わなくちゃ）

ともかく会いたい、という一心で、歩はまず以前住んでいたマンションを訪ねようと、朝食を食べてすぐに家を出た。

西条と二年近く暮らしていたマンションは、歩の実家から数駅離れた場所にある。電車を乗り継いで二年ぶりに見知った駅に降り立った。久しぶりに歩く街並みは、それほど大きく変わっていなかった。歩の実家の最寄り駅前の開発が盛んだっただけらしい。西条が勤めていた塾もまだあるのを確認し、とりあえず先にマンションへ向かった。

緊張しつつ、エレベーターで上階に行き、以前暮らしていた部屋の前に立つ。

（ひょ、表札が違う……っ）

一緒に暮らしていた頃は西条の苗字が入っていたプレートには、別の苗字が入っている。小荒井という聞き覚えのない名前だ。

おそるおそるチャイムを鳴らした。

『はい』

すぐに落ち着いた女性の声が返ってくる。

「あ、あのう、ここは西条さんのお宅では……？」

歩が気弱な声で聞くと、『は？』といぶかしげな声がする。しばらくしてドアが開き、若い女性が出てきた。まさか西条の新しい彼女か、と身構えると、小首をかしげられる。

「うちは半年前に引っ越してきたんですけど？　何か？」

じろじろ見られ、歩は血の気が引いた。小荒井という名前といい、半年前に引っ越したといい、これは最悪の状態だ。

西条は、マンションを引き払った。

「あの……前に住んでいた方の消息なんて知りませんよね？」

歩が青ざめて聞くと、女性が目をぱちくりする。

「知るわけないでしょ」

呆(あき)れたように言われ、それもその通りだと歩は「すみません……」と頭を下げた。これ以上居座ると警察を呼ばれそうだったので、歩はすごすごとマンションを後にした。

(西条君！　どこへ行っちゃったの！)

スマホを解約していた時に嫌な予感はしたが、マンションまで引き払っているとは思わなかった。西条はどこへ行ったのか。少なからず歩の持ち物もあったはずなのだが、それはどうしたのか。

（落ち込んでいる暇はない！　西条君の勤めていた塾へ行ってみよう！）

電話も繋（つな）がらないし、家も引っ越したとなると、西条は歩を拒否しているのかもしれないという気がふつふつとしたが、暗い妄想をするよりも行動したほうが建設的だ。西条には予定の期間の倍、時間がかかったことを謝らなければならない。もし西条が自分を拒否していたとしても、それだけは伝えたい。

気力を奮い立たせて、歩は駅前の塾へ向かった。

歩は以前、西条に紹介されて塾の事務をしていたことがある。アルバイトとして雇ってもらった時に勤めていた人がまだいるといいのだが、と事務室を訪ねると、運のいいことに久留間（くるま）という老齢の男性がいた。

「久留間さん、お久しぶりです。天野です」

歩が目を輝かせて声をかけると、久留間がカウンター越しにひょいと顔を上げた。久留間は歩の顔を見てしばらく考え込み、「ああ、天野君」と笑顔になった。

「久しぶりだねぇ。元気にしていた？」

久留間は白シャツに黒いアームカバーをして、二年前と変わらない様子だった。知っている人が勤めていたことに安堵（あんど）し、歩は他の事務員を気にしつつ、口を開いた。

「あの、西条先生ってまだいますか？」

歩が悲壮な覚悟で切り出すと、久留間が面食らったように見返してくる。

「西条先生なら、けっこう前に辞めてるよ？　知り合いじゃなかったの？」

久留間は歩が西条の紹介でアルバイトに入ったのを覚えていたらしく、いぶかしげだ。

「その、実は二年ほど遠くにいまして……。久しぶりに戻ってきたら、西条君がいなくて」

歩は困り果てて久留間に泣きついた。塾も辞めているとなると、本当に消息不明だ。

「そうなんだ……。西条先生、君が辞めた後わりとすぐ辞めちゃったからなぁ。確か三月末で退職したはず。何か海外行くとか言ってたけど」

久留間が首をかしげつつ呟く。

（海外……。そういえば言ってた！）

在りし日の西条との会話が蘇（よみがえ）って、歩は不安になった。西条は歩がいない間、アメリカかイギリスに行くかもと言っていたのだ。もしそのまま帰ってきていないなら、万事休すだ。

「ごめんねぇ。西条先生が今どこにいるかは分からないや。もし会えたら、いつでも戻ってきてって伝えてね。人気のある講師だったから、辞める時も大変だったんだよ」

気落ちする歩を、久留間は肩を叩いて慰める。これ以上の情報はないと悟り、歩は塾から離れた。

（あーっ。どうしよ。西条君、どこにいるの⁉）

空を見上げれば晴れやかな青空が広がっているのに、歩の心には厚い雲がかかる一方だ。

（最終手段だけど……もう行くしかない）

どんよりする心を叱咤し、歩は再び電車に乗って実家の最寄り駅に戻った。

（西条君ちに行く！）

ここまで西条の消息を追えない以上、あまり行きたくはなかったが、西条の実家へ行くしかなかった。西条の実家は一戸建てだったし、多分まだ同じ場所にあるだろう。西条の母親なら、西条の居場所を知っているのではないか。ひょっとしたら、西条自身も実家に戻っている可能性だってある。

（問題は西条君のお母さんに嫌われていることなんだよね）

電車に揺られながら、大きなため息が落ちた。

西条は早くに父親を亡くしていて、家族は母親だけだ。母親は西条と歩が恋人同士ということを知っていたので、歩に対して冷たかった。歩を嫌っているというよりは、西条には結婚して子どもを作ってほしかったので男の恋人が邪魔だったのだ。

西条の母親を不快にさせるのは申し訳ないが、背に腹は代えられない。

（うう、緊張するなぁ）

西条の実家への道を、記憶を頼りに辿った。西条の実家は、今は取り壊されてしまった中学校の近くにある。立派な門構えの古めかしい木造建築の屋敷だ。竹垣で庭を囲っていて、松の木にも手入れがされている。表札も西条のままだし、庭や外観の様子からも寂れている様子はない。

だが——久しぶりに訪れて、歩は胸がざわついた。家全体に黒いもやがかかっていたのだ。これは何かしらの霊障が起きているのを表している。

歩は大きく深呼吸した。意を決してチャイムを鳴らす。インターホンから声がするのを待っていたが、何も聞こえなかった。

「はい」

しばらくして正面玄関の引き戸が開き、見覚えのある中年女性が顔を出した。西条の母親だ。西条の母親はけげんそうな顔をして近づいてくる。玄関から門まで少し距離があって、西条の母親は歩が誰だか目の前に来るまで気づかなかったようだ。

「あの、天野です。お久しぶりです」

目の前まで来た時に歩が会釈すると、ハッとしたように西条の母親が身を引いた。あからさまに嫌な顔つきになって、歩は内心苦笑した。

「すみません、二年ほど遠くにいたもので、西条君……希一君がどこに住んでいらっしゃるのか教えていただけませんか？」

西条の母親の表情から難しいかもと思っていたが、歩は大きく頭を下げて真摯に頼んだ。

「……会って、どうなさるの？」

案の定、西条の母親は冷たい口調だ。

「今さら会っても無駄ですよ。希一なら結婚して子どももじきに生まれますから」

突然の爆弾発言に、歩はあんぐり口を開けた。

まじまじと西条の母親の顔を凝視する。西条の母親は歩とは目を合わさず、つんとそっぽを向いている。

西条が結婚して、子どもも生まれる――。

一番恐れていた事態に歩の頭は真っ白になったが、だとしても、やはり西条には一度会っておかねばならない。

「そ、それが真実だとしても……、西条君に会いたいんです。塾の講師も辞めてしまったし、マンションも引き払ってたから、今どこにいるのか分からなくて……」

震える声で歩が言った時だ。玄関の引き戸の隙間から、黒い猫がのっそりと姿を現した。

「タク！」

歩は目を見開いて、引き戸の前にいる猫に向かって叫んだ。黒いしなやかな毛並みに金色の瞳を持つ猫は、間違いなく以前歩と西条が飼っていた猫だ。歩は門越しに歓喜の声を上げたが、タクのほうはしらっとした顔つきで歩を見ている。しかもフンと鼻を鳴らし、家の中へ引っ込んでしまった。

「た、タクぅ……、タクなんでしょ？」

飼い猫のすげない態度にショックを受けていると、西条の母親がすっと玄関に戻ってしまう。

「待って下さい！　タクがここにいるってことは、西条君が飼ってないってことなんですか？　海外からは戻ってきたんですよね？」

去って行く西条の母親の背中に必死に声をかけたが、「もうお帰り下さい」と冷たい声であしらわれた。西条の母親は大きな音を立てて引き戸を閉め、それきり何度チャイムを鳴らしても出てこなかった。

（西条君が結婚……。子ども……）

頭の中は恐ろしい想像でいっぱいになっている。一年しか待てないと言っていた西条だが、本当に一年しか待ってくれなかったのか。確かに一年あれば結婚して子どもくらい作れる。

（タク……）

飼い猫の冷ややかな眼差(まなざ)しも、胸をえぐった。二年も放置されていたのだから、猫だって怒るに決まっている。歩の実家にいなかったので、西条が飼っているだろうと思ったが、西条は母親にタクを預けたようだ。

（これから……どうすれば）

途方に暮れて、歩はとぼとぼと実家への道を歩いた。

二年の月日が長すぎたことを、ひしひしと感じていた。


実家へ戻り、しばらくショックから立ち直れずにいた。約束を破った自分が悪いのは当然だが、心の隅では西条が自分を待っていてくれると期待していたのだ。浅はかな自分の考えに嫌気が差したが、もし西条が新しい人生を進もうとしているなら、それを受け入れなければならないと考えた。

人と人の出会いと別れはすべて『縁』によるものだ。自分にとって西条は運命の人だと思っていたが、違うというなら受け入れるしかない。

（でも、それは西条君の口から聞いてから！）

ひとしきり落ち込むと持ち前の明るさを取り戻し、歩は夕食作りに励んだ。一人暮らしの父だが、歩がいる時は、家事はもっぱら歩の仕事になる。父には弟子もいたのだが、最近独立したらしい。修行中は大勢の分の料理を任されることもあったので、二人分の食事を作るなど造作もないことだが、凝った料理を作ることで気を紛らわせ、前向きな思考へと変化させた。昔から落ち込むと悪い霊を呼び込んできた。修行で培ったのは、根本的意識の改革だ。

（お師匠さまにも、心が脆弱って言われたもんな）

座禅を組んで瞑想に取り組む行では、同じように修行している坊主見習いの中でも歩が一番警策で叩かれていた。音はすごいが、痛みはほとんどないので身体に支障はないが、邪念が多すぎるとしょっちゅう言われた。

（勝手に悪い妄想ばかりして落ち込むのは俺の悪い癖だ。それにたとえ真実だとしても、他人から聞かされることじゃない）

西条の結婚について母親から聞かされたが、やはり西条自身の口から聞かないことには踏ん切りがつかなかった。そもそも自分は西条に謝っていない。西条の母親を信じていないわけではないが、西条の母親は歩と西条が別れるのを願っていた。ひょっとして嘘という可能性も残っている。何よりも自分の目で見て、事実を受け入れようと思った。

「……そんなわけで、西条君はマンションを引き払ってたし、お母さんからは結婚して子どもができたって言われちゃったんだ」

夕食の席で、歩は父に今日のことを語った。父なら年の功で、もっといいアドバイスがもらえるかもと思ったのだ。

テーブルには鰹（かつお）のカルパッチョや菜の花の和え物、風呂吹き大根、父の信者から大量に送られてきたレンコンを使ったいくつかのレンコン料理が並んでいる。レンコンは煮ても焼いてもすり下ろしても美味（おい）しい。

「そうなのか？　あの男、お前の帰りを待てなかったのか？　一度うちに来た時は、ずっと待ってるって感じだったが」

五穀米のご飯をばくばく食べながら、父が首をかしげる。

「え……？」

一度うちに、とはどういう意味だろう？

「お前の修行中に段ボール箱持ってやってきたんだよ。そうそう引っ越すって言ってたな。お前の荷物、預かってくれって言われて」

父は味噌汁（みそしる）をすすって、何気なく言う。

「聞いてないよ！」

思わず座布団から腰を浮かせ、大声を上げてしまった。西条がマンションを引き払ったと聞いた時、少ないながらも残っていた自分の荷物はどうしたのだろうと気になっていたのだ。実は歩の実家へ来て、荷物を置いていったのか。

「そういや、言い忘れてたな」

父はがははと笑い、気にする様子もない。先に教えてもらえたらわざわざ別の人が住んでいるマンションを訪ねずにすんだのに。

「そういうことは先に言って！　それ、いつの話？　俺の荷物、どこへ行ったの？」

歩は箸を置いて、そわそわとして聞いた。食事よりも西条の情報のほうが気になる。

「あれは……うーん、そうそう一年くらい前のことだな。しばらく海外を旅行してたって土産ももらったぞ。こっちに戻ってきて、お前がまだ帰ってきていないと聞いてがっかりしてたな。あ、土産はマカデミアナッツだったから全部食っちまったぞ」

一年前、と聞き、歩は胸が締めつけられるような思いだった。ということは、西条は歩が修行に出た一カ月後には塾を辞め、海外へ旅行に出た。約束の一年が過ぎたので歩が戻っていないか見に来たのだろう。歩としてはそのまま同じマンションで待っていてほしかったが、そうもいかない事情があったに違いない。

「お前の荷物はガレージの隅に置いといた」

父にそう言われ、歩は食事の途中でガレージに走った。軽トラックが置いてあるガレージの奥に、埃(ほこり)を被(かぶ)った段ボール箱が二箱ある。ガムテープを剝がして中を見ると、歩が使っていた料理器具や衣類がぎゅうぎゅう詰めにされていた。手紙でも入ってないかとくまなく探したが、何もない。不要なものを突き返されたようで悲しくなった。

すごすごと居間に戻り、食事を再開すると、すでに食べ終えた父が、冷や酒を呷って いる。

「西条君、何で引っ越したのかなぁ？　何か言ってなかった？」

ほろ酔い気分の父にしつこく尋ねてみたが、一年前のことなど覚えていないとすげなくされた。

「そう心配するな。そのうち会えるだろ」

父はのんきに言っている。歩もそれを信じたいが、謝罪しなければならない身でのんきに構えるわけにはいかない。放置していた分も含めて、誠意を持って当たらなければ駄目だ。

「とりあえず西条君に会うまでは家にいていい？　住むとこないし」

今さら一人暮らしするにも、先立つものがない。スマホの基本料金すら払えないくらい、文無しだ。

「別に構わんぞ。俺の仕事、手伝ってくれるんだよな？」

父は歩が家業を手伝うと思っているのか、顎髭を撫でて言う。歩は曖昧な答えでごまかし、テーブルの食器を片づけた。

今後について考えるのは、西条に会ってからにしたかった。

（西条君、どこにいるんだろう）

職場も実家も駄目となると、西条をどうやって捜せばいいか分からない。まさか探偵を雇うわけにもいかないし、捜索願を出すわけにもいかない。

（西条君って友達もいないしなぁ……）

西条に友人と呼べる間柄の人がいれば聞きにいくところだが、西条は親しい関係の人を作らないという変なポリシーを持っていた。おそらくこれは、幼少期からずっと死の影につきまとわれていたせいだ。西条は長く生きられないことを自覚していたので、わざと親しい友人を持たなかった。死の影を振り切った後でさえ、歩以外とは距離を持って接していた。

（まぁ、俺も人のこと言えないけど……）

かくいう歩もほとんど友達らしい友達はいない。いるのは近所に住んでいる小さい頃からの友達くらいで、修行仲間の僧侶とは連絡先の交換をしたが、それ以外ではアドレス帳は真っ白だ。

西条と一緒に過ごしていた時はそれでいいと思っていたが、こうしてみるとそれだけでは駄目だったのだとしみじみ感じた。

人はひとりでは生きていけない。コミュニティを作ることが今後の自分の人生の課題かもしれないと身に染みた。

実家での生活が落ち着くと、歩は解約していたスマホを再び契約し直した。インターネットに接続できるようになって、二年ぶりにスマホを開くと、メールフォルダに西条からのものがいくつか入っていた。海外で撮ったらしき写真が添付されたメールだ。目を潤ませて読んでいると、最後のメールにどきりとした。

『一年の約束を破ったな。ムカつくから消えてやる。がんばって捜せよ』

一年前のメールには、そんな文章が残っていた。

西条らしい内容だった。思わずスマホを握りしめて泣きそうになった。マンションを引き払ったのは、西条なりの意趣返しだったのだ。修行の間はスマホを触れないとあらかじめ言っておいたので、西条はこの文章を見るのは歩が戻ってきた時だと知っているはずだ。

西条は自分を見捨てたわけではなかった。少なくとも一年前は、歩に捜してみろという意思表示をしていた。

(俺、がんばる!　絶対西条君を見つける!)

落ち込んでいた心はすっかり晴れ、闘志が漲(みなぎ)ってきた。

(とはいえ、どこを捜そう?　西条君の母親には嫌われてるからなぁ。教えてくれないだろう

し）

西条の母親について考えると、心に影が差す。西条の実家には黒い邪悪なもやがかかっていた。それに関しては歩に心当たりがあった。

西条家は長年先祖の犯した罪によって、苦しめられてきた。西条の先祖が別の一族を惨殺したのが理由だ。父が邪悪な霊を祓ったものの、年に一度はきちんと一族の霊を弔うようにと言っていた。歩と一緒にいる時は強引に父の元へ連れて行き、供養をした。けれど歩がいない二年の間、何もしていないのではないか。

「そういや、何もしてないな」

父に聞いたところ、予想していた答えが戻ってきた。父は本人が忘れているのに供養しろと声をかけるような人ではない。本人の意思が重要という考えなので、西条のことも放置していたそうだ。

「やっぱりそうだよね。西条君の実家、ちょっとやばい感じだった」

西条の母親が代わりに供養するという手もあるが、嫌われている歩が言ってもやってくれるとは思えない。

「どうしたものかなぁ」

悩んだものの、西条に会わないとどうにもできない。やはり全力で西条を捜すしかないようだ。闇雲に捜すのもいいが、修行を終えた身なので、神仏に頼ることにした。

歩の実家では歓喜天を祀っている。父に仕事を依頼する人が来る際は、通称仕事部屋と呼ばれるその一室へ通す。板の間に障子張りの十五畳くらいの部屋で、きらびやかな祭壇があり、円形の厨子の中に歓喜天が鎮座している。歓喜天は十一面観世音菩薩の化身で、通称聖天様と呼ばれている。歓喜天は現世利益の高い秘仏だが、扱いがものすごく難しい。実際、歩は一度も厨子の中を見たことがない。父いわく、『拝み屋』の仕事を継ぐと決意した時に見せるそうだ。

(聖天様、西条君の居所を教えて下さい)

朝の読経を済ませた後、歩は歓喜天にそう願った。すると頭の中に『東』という文字が浮かんできた。東の方向に西条がいるということだろうか。

(くくりが大きすぎるんですが……)

東という返答をもらったのはいいが、あまりに範囲が広すぎる。困っていると、たまたま父がチラシの束を抱えて入ってきた。

「おっと」

父の手から白い紙が滑り落ちて、歩の前に舞い降りる。

「ん……？」

手に取ってみると、隣の県で行われている肉フェスティバルのチラシだった。

(これは……ここへ行けば西条君に会えるというお告げ⁉)

肉好きの西条ならあり得る話だ。歩はチラシを隅から隅まで読み込んだ。開催地は東の方角にある。三月の中旬の土日に開催されるそうだ。

「悪い、捨てるやつだ」

父が捨てようと手を伸ばしてきたが、歩は大きく首を振って、チラシを握りしめた。

「ううん、俺これに行ってくる！」

肉フェスティバルのチラシを掲げ、歩は未来に希望を見出(みいだ)した。

■2　再会は肉にまみれて

三月中旬の土曜日は、春らしい暖かい陽気だった。桜のつぼみも色づき始め、道行く人々もコートを脱いで軽装になっている。

歩はシャツにカーディガン、ジーンズにキャップという格好で『肉フェスティバル』の会場に辿り着いた。大きな広場を使って県内の有名な肉料理を営む店を集めた催しで、会場につく前から焼いた肉の匂いが辺り一帯に漂っている。親子連れやカップル、友人など、たくさんの人が会場にはひしめいていた。壁のフェンスに沿って屋台がずらりと並び、中央には簡易丸テーブルとイスがいくつも置かれている。肉好きが集まる催しだけあって、全体的に暑苦しい空気だ。

（西条君、本当にいるかな。とりあえず、西条君が好きそうなメニューを探してみよう）

伊達（だて）に西条の飯を作っていたわけではないので、西条の好みそうなものくらい、すぐに分かる。屋台をぐるりと巡っていき、西条が好きそうな肉巻きおにぎりと唐揚げの店に目星をつけた。特に唐揚げの店は人気なようで、長蛇の列ができている。

(俺も何か食べようかな……。でも俺、最近肉を受けつけないんだよな)

二年もの間、精進料理で毒素を抜いた身体は、こってりした油物や肉料理があまり美味しいと思えなくなっている。どうしようか悩んだが、鶏肉（とりにく）を使ったさっぱり系のフォーを売っている店で昼食を購入した。

肉巻きおにぎりと唐揚げ店の列が見える場所の席につくと、歩はフォーをすすりながら西条がいないか目で捜した。ゆっくり噛（か）んで、すすって、ちまちまとフォーを胃袋に収める。西条はなかなか現れず、チラシが舞い降りたのはただの偶然かと諦めかけたその時。

(い、い、いたーっ‼)

唐揚げの列の後部に並ぶ西条を、歩は見つけた。

西条の姿を見つけたとたん、鼓動が速まり、動悸（どうき）がした。目はうるうるするし、今すぐ駆けだして飛びつきたい衝動に駆られる。西条は少し伸びた髪とやる気のない顔つきをしていた。黒のシャツにほっそりしたズボン、モッズコートという格好だ。相変わらず人目を惹（ひ）く整った顔立ちと格好良さで、周囲の人がチラチラ見ている。

西条に駆け寄りたい気持ちでいっぱいだったが、歩はそれをぐっと堪（こら）えてイスから立ち上がらなかった。

西条の隣に、お腹の大きい女性がいたからだ。年齢は二十代半ばくらいで、長い黒髪を垂らした少し陰のある女性だった。全身黒いコーデで、お腹の大きさから臨月が近いようだった。西条とチラシを見ながら何かしゃべっている。

（西条君……本当に結婚したんだ）

この目で見るまでは信じられなかったが、西条の母親が言っていたのは真実だったのだ。二人はどうみても夫婦といった様子だし、西条も妊婦を労るように荷物を持っている。

歩はずーんと落ち込んで、目を潤ませながら残りの汁を飲み干した。

西条と妊婦は唐揚げを二人分買い込んで、空いているテーブルに座る。歩は空になった発泡スチロールの器を見つめながら、これからどうしようかと涙を拭った。

愛する人が結婚して子どももできたというのは、つらい出来事だ。本音を言えばこのまま実家に帰って一晩中泣き続けたい。けれど西条に会いたい理由のひとつに、謝りたいということがあった。約束を一年も破ってしまった件について、西条にはきちんと詫びなければならない。

（うう……、うう……つらいよぅ）

ぐすぐすと鼻をすすりつつ、歩は二人を観察した。西条はあっという間に唐揚げを食べ終えて、手持ち無沙汰でスマホを眺めている。妊婦のほうは西条にあれこれ話しながらゆっくり食べていて、面倒そうな西条とは温度差があった。何というか、新婚というより倦怠期の夫婦に近い。

（でもあの西条君が、奥さんの食べ終えるのをじっと待ってるのはすごいかも……。俺の時は、食べ終わったらさっさと店、出ちゃってたし）

西条は早食いなので、食べるのが遅い歩とは時間差ができてしまう。いつも「遅ぇ」と文句を言っていた光景が蘇った。

（あと……落ち着いてよく見ると、二人とも気になるかも……）

二人を見ていると、黒っぽいもやがかかっている。西条の実家の黒いもやを視た時から気になっていたが、西条自身も黒い影が被さっている。しかも、妊婦のほうにも黒い影があるのだ。

二人して何か悪い霊を引き連れている。

（このまま見過ごせないよ……）

目尻の涙を拭い、歩は頃合いを見計らって西条に話しかけようと決意した。一応西条とは恋人だった期間があるので、奥さんのいる前で話すのはどうかと思った。西条が一人になった時に、そっと話しかけたい。そう思って二人をずっと観察していたのだが、なかなか一人になってくれない上に、次から次へと店に並んでいる。

（俺、ストーカーみたい）

二人の傍をうろうろする自分に嫌気が差し、歩はひそかに目線を送ってみた。西条が自分に気づいてくれないかと願ったのだ。一度だけ西条はこちらを見たが、歩にまったく気づかずにあくびをしている。いくら昔の恋人とはいえ、何故あれほど愛し合った自分に気づかないのだろうと、腹が立ってきた。

（ぐぬぬ……、西条君！　つれないにもほどがある！）

あまりにも気づかれないので、イライラしてきて、歩は徐々に睨みつけるような目つきになってきた。このままじゃまずいと買ってきたジュースを飲んで心を落ち着ける。

肉巻きおにぎりを食べていた妊婦が、西条に何か耳打ちして席を立つ。おそらくトイレにでも行ったのだろう。西条が一人になったのを見計らい、歩は急いでテーブルに駆け寄った。

「西条君！」

肉巻きおにぎりを咀嚼している西条の横から、歩は思い切って声を上げた。西条が振り返り、やっと目線が合う。歩は胸がいっぱいになって目を潤ませた。二年ぶりに会う西条に話したいことがたくさんある。だが、西条の連れが戻ってくるまであまり時間はない。自分の気持ちだけは伝えたいと、歩は西条の前に立った。

「西条君、俺……っ、二年もかかってごめんなさい。西条君が待てなくても、仕方ないと思うけど、俺は今でも西条君のことが……っ」

急き込んで涙まじりに言い募ると、西条が無言でもぐもぐと口を動かす。目尻に涙を溜めて

肉フェス
からあ

謝る歩に対して、西条の態度は恐ろしいくらいしらっとしていた。それほど怒っているのだろうかと歩は青ざめて頭を下げた。

「ごめんなさい、西条君！　今さら顔を出すなんて図々しいと思われるかもしれないけど、俺は、俺は……っ」

必死になって歩が言葉を重ねると、西条が肉巻きおにぎりを包んでいた紙をくしゃっと丸めた。

「……誰？　お前」

予想していた台詞(せりふ)とはまったく違う言葉が降ってきて、歩はびくっとした。

（え？　そ、それって、てめぇなんか知らねぇっていう意味？）

誰だと聞かれるとは思わなかった。そんなに怒りは大きいのかと歩は震えた。そんな歩を頭からつま先までじろじろ眺め、西条が頭を掻(か)く。

「俺の知り合い？　わりぃ、ぜんぜん覚えてねぇ」

少し申し訳なさそうに西条が呟く。最初は冗談か意地悪で言っているのだと思ったが、西条の表情を見るとそうではないと分かってきた。

西条は、本当に自分が誰か知らないのだ。

「え、え……？　西条君、どうしちゃったの？　俺だよ、歩だよ」

困惑して歩が西条の腕に触れると、戸惑ったように見つめ返される。

「歩……、歩……。わりぃ、やっぱ思い出せない。俺、ここ二、三年の記憶が飛んでるんだよ。俺の知り合い？　友達にしてはタイプがぜんぜんちげーけど」

西条は額に手を当てて、ため息と共に言う。想定外の答えに歩はあんぐり口を開けた。

「う、嘘でしょ……。何でそんなピンポイントで俺と過ごした時間だけ忘れちゃうの？　冗談だって言ってよ」

信じがたい状況に歩は膝の力が抜けて、その場にしゃがみ込んだ。西条は目を丸くして歩を見下ろす。

「あの……俺、天野歩だよ。本当に思い出せない？　中学校の時の同級生で、大人になってから仲良く……なったんだけど」

歩が情けない顔で言うと、西条が考え込むように目を閉じる。ふっとその目が開き、表情が明るくなった。一瞬思い出したのかと期待に胸を膨らませたが、西条の返事はがっかりするものだった。

「お前、ピースって呼ばれてた奴だろ？　違うか？」

中学生の時の記憶は蘇ったらしく、西条は晴れ晴れした顔つきで聞く。

「そう……だよ」

何も思い出せないよりはいいと歩は苦笑して頷いた。

「あー、何か途中から学校来なくなった奴だよな？　死んだんじゃないかって風の噂で聞いたけど、生きてたんだな」

「……うん、ソウダネ……」

すでに西条と一通りやりとりした会話を再びする気になれなくて、歩は棒読みで答えた。そんな過去のことなど思い出さなくてもいいから、恋人同士だった時のことを思い出してほしかった。

「――何してるの？」

ふいに尖った女性の声がして、慌てて立ち上がると妊婦が戻ってきていた。西条と話す歩をうさんくさそうに見やる。

「ああ、こいつ俺の昔の知り合いらしくて」

西条が何げなく言うと、妊婦の顔がおそろしげに歪んだ。歩はびっくりして身を引いた。

「ねぇ、もう帰ろう」

妊婦はじろりと歩を睨みつけ、西条の腕を引っ張る。

「疲れちゃった。早く帰ろうよ」

「いや、俺はこいつともう少し話を……」

西条は歩と話したいようだったが、妊婦がヒステリックな顔つきになり、「今すぐ帰りたいの！」と叫んだ。妊婦の声で周囲の人がいっせいに振り返り、何事かとざわめきが起こる。

「分かったよ、帰るから」

西条は面倒そうに重い腰を上げて立ち上がり、スマホを取りだした。連絡先の交換をしようとしたのだろう。だがそれを制するように、妊婦が西条のスマホを奪う。

「私の旦那に関わらないで下さい」

物騒な気配を漂わせ、妊婦に釘を刺される。剣呑な空気を察し、歩はその場は退くことにした。妊婦の様子があまりにも常軌を逸脱していて、これ以上話を続けていると騒ぎになると分かったからだ。

「行こう、希一」

妊婦は西条の腕に腕をからめ、強引にテーブルから去って行く。西条は仕方なさそうに歩に向かって軽く手を上げた。

歩は二人が去って行くのをじっと見守った。

明らかにおかしい。とても幸せそうな夫婦には見えない。

不穏な影が二人に覆い被さっているのを感じ、歩は言い知れぬ不安を抱いた。

二人を尾行して所在地を突き止めようかと思ったが、会場を出た二人はタクシーを使って帰っていった。お金のない歩はタクシーを使うことができず、尾行は断念した。すごすごと自宅に戻り、台所に立って夕食のための煮込み料理に勤しんだ。

鍋をかき混ぜながら、西条の様子を思い返し、ため息をこぼす。

ここ二、三年の記憶がないということは、記憶喪失の一種だろうか？　よりによって自分との記憶だけ忘れることはないのにと、ひどく落胆したが、西条が結婚して子どもを作ったことを許せる気持ちも湧いてきた。愛が冷めたなら悲しいが、自分の記憶がなかったのなら新しい女性と関係を築いても仕方ないという思いになったのだ。

気になるのはやはり妊婦の状態がよくないことだ。

彼女のヒステリックな様子と西条に関わる人を嫌悪する姿は、明らかにおかしい。実際近くで話してみて、悪霊にとり憑かれているのが分かった。すぐにでも除霊したほうがいいレベルで、彼女と生活している西条も影響を受けているはずだ。

（でも、押しかけて除霊するわけにはいかない）

修行をして辿り着いた思考は、たとえ正しいことでも、勝手にしてはいけないことがあるということだ。悪い霊にとり憑かれている人を勝手に除霊したり浄霊したりすることは、他人をコントロールしていることに繋がる。悪霊に憑かれている人にはそれなりの理由があり、それを自分が取り払う真似はできない。そもそも除霊しても、また似たような悪霊にとり憑かれるのが常で、結局自分自身が変わらなければ、似たような災いを招き寄せるのが人というものなのだ。人には自由意志というのがある。本人が助けを求めているならいくらでも手を貸すが、本人が望んでいないことは決してやってはいけない。

西条にも西条の妻にも、あの状態になったのには、それなりの理由があるのだろう。もどかしい思いも残るが、機会を待つしかなかった。

そして、それは案外早くやってきた。

翌日の夕方頃、自宅に西条からの電話があったのだ。

『俺、西条だけど。昨日、肉フェスで会った』

歩が受話器をとると、低い声で切り出された。歩は西条から連絡してくれたことに感激し、受話器を落としそうになった。

「西条君！」

『まだ実家にいたんだな。電話番号変わってなくてよかった。昨日は話の途中でわりぃ。少し話したいんだけど、会えるか？』

西条は潜めた声で聞く。

「もちろんだよ！　今から？　どこへ行けばいい？」

歩が意気込んで言うと、西条は少し戸惑った様子を滲ませた。

『あー……。夜は都合が悪い。明日の午前十時頃、空いてる？　お前、まだ実家にいるんだろ。駅前のビブリって喫茶店で待ち合わせできる？』

ビブリは歩が子どもの頃からある老舗の喫茶店だ。

「う、うん。いいよ」

黒電話の横にあったメモ帳に時間と場所を書き込み、歩は胸をドキドキさせた。西条ともっと話していたい。

「あの、西条君。俺は……」

『わりぃ、あいつが帰ってきた。そんじゃな』

歩の声を遮るように西条が電話を切る。一方的な電話に不安が押し寄せたが、西条が自分と話したいという意思を見せたことは活力になった。明日というと月曜日だ。平日の十時に会うなんて、西条は今どこで働いているのだろうか？　しかも誰かの目を気にしながら電話をしてきた。あいつというのは、妻のことだろうか？

疑問は尽きなかったが、西条に会って、その口から状況を聞くまでは考えるのをやめようと思った。嫌な妄想を頭から追い出し、時間のかかる煮込み料理に励む。日常の作業をこなし、西条と会えるのを心待ちにした。

西条が指定した月曜の午前十時に、歩は喫茶店ビブリに待機していた。西条に会えるのが嬉しくて、三十分前から窓際の席に座っている。久しぶりに来たが、看板メニューの卵サンドは昔と同じ味だった。

紅茶とサンドイッチを頬張っていると、十時ジャストに西条が現れた。黒いだぼっとしたセーターにグレーのズボン、ワンショルダーバッグを斜め掛けしている。

「呼び出して悪い」

歩の向かいに座った西条は、空になった皿を見つめ「お前、いつから来てたの?」と目を丸くする。西条は注文を取りに来た若いウエイターに、歩と同じ卵サンドとホットコーヒーを頼む。

「西条君……」

ウエイターが離れて、歩は目を潤ませて呟いた。改めて西条とこうして話すことができて、胸がいっぱいになる。けれど胸がいっぱいになっているのは歩だけで、西条はポケットから煙草を取りだして、灰皿を探している。

「あ、吸っていい？」

ライターを取りだした時点で歩の存在を思い出したのか、窺うように言う。

「ここ禁煙だと思う……」

「マジか」

歩の指摘に西条が、がっくりと肩を落とす。

「昔は吸えたのに……。あー、つら」

渋々と煙草とライターをしまい、西条が天を仰ぐ。

「あ、あの西条君？　何か思い出した、ってわけじゃない……んだよね？」

西条の態度を見るに、とても歩との再会を喜んでいるそぶりはない。

「ん、ああ。お前、俺の知り合いって言ってたよな？　ぜんぜん思い出せない。昔のもさっとした印象とずいぶん違うけど、お前、今何してんの？」

西条はウエイターが運んで来たコーヒーを受け取って、首を傾ける。

「えっと……あの……修行を……」

歩が口ごもると、西条の目が点になる。

「修行？」

　聞き慣れない言葉を聞いたとばかりに、西条が身を乗り出す。

「修行って何の修行？　お前んち、何か家業でもやってたっけ？」

「……説明が難しいから、俺のことはいいよ。それより西条君、今どこに住んでるの？　実家に行ったらタクが……黒猫をお母さんに預けていったでしょ」

「お前、タクのこと知ってんの？　マジで親しかったんだ？」

　西条は驚きを隠しきれずに、じろじろと歩を眺める。続けて卵サンドが運ばれてきて、西条が美味しそうにかぶりついた。

「ここの卵サンド、美味（うめ）ぇよな。タクって猫、俺が飼ってたらしいんだけど、記憶になくて。この俺が猫を飼うなんてありえねーんだけど。海外にいる間、おふくろに預かってもらってたっていうから、まだ実家に置いてもらってる。今の家に連れてきたら、やばいかもしれねーし」

　西条は卵サンドを咀嚼しながら言う。

「やばいってどういう……」

　タクについても記憶にないなんて、胸が痛んだ。確かに西条はペットを飼う性格ではない。歩が強引に連れてこなければ、飼わなかっただろう。

「俺と一緒にいた女……未海って言うんだけど、マタニティブルーっての？　時々凶暴になるから、猫とか傍に置きたくなくて。キレると物投げるから」

物憂げに西条が明かす。マタニティブルーではなく、悪霊にとり憑かれていると咽まで出かかったが、今の西条にそういう話をしていいか分からなかったので呑み込んだ。

「あの……結婚……してたんだね」

歩はどう聞けばいいか分からなくて、視線を落とした。膝の上に置いた手を、ぎゅっと握りしめる。

「いつ……？　どこで出会ったの……？　あの人……」

記憶のない西条がどうやって彼女と恋に落ちたのか知りたくて、歩は声を振り絞った。もう自分の入る隙間はないのか、未練を断ち切ったほうがいいのか、歩自身にも分からなかったのだ。

「それも記憶にねーんだよな」

最後の卵サンドもぺろりと平らげ、西条が面倒そうに呟く。

「え……っ」

驚愕して歩は顔を上げた。

「未海は俺が誘ったって言ってたから、まぁそうなんだろうよ。あいつ、ちょっと性格キツいから一昨日は悪かったな。俺が他のやつとしゃべってると、すげー不機嫌になるんだよ。臨月近いせいかも」

がりがりと頭を掻いて、西条がコーヒーを飲む。

「西条君……今、仕事は？　塾の講師はやってないよね……？」

西条の話を聞くにつれ、疑惑ばかり増えていく。

「ああ。俺が講師やってたのも知ってるんだ？　俺、性格変わったのか？　お前みたいなやつと仲良くなるタイプじゃねーんだが。そもそも俺、友達とかいるはずないのに」

不可解そうに西条が歩を見つめる。

「西条君……、自分が若くして死ぬとまだ思ってるの？」

歩は呆れ返って口にした。とたんに西条が目を見開き、椅子を鳴らすほど後ろに反り返る。

「俺、お前にそんなことまで話してたのか⁉」

動揺を隠せずに西条は声を震わせている。歩は顔を覆って、ため息をこぼした。初めて聞く話なら親身にもなれるが、一連の事件を終えて、その呪縛から解き放たれた西条と同棲していた身としては、合わせる気にもなれない。

「西条君……よく聞いて。何で俺がそんなことまで知ってるか、言うね」

意を決して、歩は顔を覆っていた手を外し、頬を赤らめて西条を見つめた。

「お、おう……」

歩の真剣な眼差しに、西条も息を吞む。

「俺たち……俺と西条君は……」

咳払(せきばら)いして、歩は周囲に目を配る。喫茶店には歩たちの他に、老夫婦しか客はいない。席も離れているし、声を聞かれる心配はないだろう。

「つき合ってたの！　同棲してたんだよ！」

歩は真っ赤になって打ち明けた。事実を知れば、ひょっとして西条の記憶が戻る可能性もあるかも、というわずかな期待を込めて。

西条は——西条はしばらく歩を凝視し、ふっとうつむいた。歩が期待して熱い視線を送ると、西条の肩が小刻みに震える。

そして、思い切り笑われた。

「ぶっ、ははははは！　お前、マジウケる！　俺とお前がつき合うわけねーだろ。すっげー冗談だな、ちょ、腹いてぇ」

西条はテーブルをばんばん叩いて、涙を流しながら笑っている。歩は頬をふくらませ、目を吊(つ)り上げた。事実なのにこれほど笑われて、とても傷ついた。

「ホントだってば！」

「ひー、ははははは！　ありえねーっ。俺がお前とヤるわけねーだろ。男じゃん。ない、ない。お前、そんな冗談言うやつだったっけ？」

西条は微塵も信じてくれず、腹を抱えて笑っている。以前、西条との仲を同級生の佐々木果穂に明かした時も信じてもらえなかったが、まさか本人からも信じてもらえないとは思わなかった。

「くうう……っ、そこまで言うならこれ見てよ！」

歩は鞄からスマホを取りだした。スマホに入っている昔の写真で、西条とくっついて撮っているものが一枚だけあったのだ。西条は写真を撮られるのがあまり好きではないのだが、歩がしつこくお願いした時に自撮りで撮ってくれた。

歩が頰をくっつけて映っているスマホの写真を見せると、西条の笑い声がぴたりとやんだ。西条はスマホを凝視し、目の前の歩と見比べている。

「え、マジで……？」

みるみるうちに西条の顔が強張り、何度も写真と歩を交互に見やる。

「……う、クソ。頭痛え……」

ふっと西条の目がきつく閉じられ、額を押さえてスマホを突き返す。どこか変な様子に歩は不安になって西条を覗き込んだ。

「あ、まずい。あいつが戻ってくる時間だ。そろそろいかないと」

西条は腕時計に目を走らせ、伝票を取って腰を浮かす。

「悪い、俺がいないとあいつの機嫌、最悪になるんだ。また連絡する。連絡先、教えて」

西条はスマホを取りだし、低い声で言う。急いで番号を交換し、西条を見上げた。

「お前とつき合ってたってのは、ちょっと信じられねーけど、親しかったのは分かった。次の時に、その話聞かせてくれ。じゃあな」

慌ただしいそぶりで歩に告げ、西条は目の前から去って行った。歩は困惑したまま、西条の姿が消えるのを見ているしかなかった。


自宅に戻っても西条のことばかり考えて、もやもやする日々が続いた。

連絡先を教えてもらえたのでメールを送っているが、西条の返事は五回に一度くらいの頻度で、内容も一行だけというそっけなさだ。これはつき合っていた頃から変わらないので、今さら傷つきはしないが、それでももう少し歩み寄りがほしかった。

家では父の仕事の手伝いと家事をこなしている。犬の散歩をしていると、近所の知り合いと会う機会があり、戻ってきたのかと興味津々で聞かれるようになった。

「今日は依頼主が来るから、茶でも出してやってくれ」

その日はどんよりした曇り空の日で、父は護摩焚きの準備をしている。護摩焚きをする時は裏の稼業である時が多い。歩は仕事部屋を念入りに掃除して、場を整えた。

夜更け過ぎに腰まで髪を伸ばした痩せ細った女性が現れた。

鬱々とした表情で仕事部屋に通された女性は、座布団に座るなり、持ってきた紙袋を父に差し出す。父は紙袋の中をちらりと覗き、祭壇の横に置いた。

「どうか、どうか……あたしをぼろぼろにして捨てたあの男をひどい目に遭わせて下さい」

女性はうつむきながら、おどろおどろしい声で切り出した。膝の上に置いた手が怒りで震えている。歩は部屋の隅で正座していたが、女性の憎悪で鳥肌が立つほどだった。

「あいつが幸せそうに生きているだけで、つらいんです。私をこんな目に遭わせたくせに……のうのうと……許せない、許せない」

女性は呪い殺してほしい相手への呪詛を延々と話し始める。父は黙ってそれに耳を傾けている。歩が父の仕事を継げるか自信がなくなるのはこういう時だ。誰かを死ぬほど呪っているような依頼者に、話を合わせる自信がない。何故つらいほうへ目を向けるのか分からない。そんな相手のことなど忘れて、もっと自分が幸せになれる道を探せないのだろうか？

「分かった。では、この数珠を握って、ひたすらそいつのことを考えなさい」

父は黒い数珠を女性に手渡し、炉に火をつける。歩はすっと立ち上がり、父の横に座って数珠を手に取った。護摩壇に火が立ち上り、父は持っていた数珠を鳴らしながら読経を始めた。それに合わせて歩も読経をする。火が恐ろしい勢いで揺らめき始め、女性は一心不乱に数珠を握って何事か呟いている。

「タニヤタ・イチミチ・チリミチ・チリミリミチ……」

護摩木を重ねて火を大きくしながら、父が呪法を唱え始める。

父は女性が持ってきた紙袋の中へ手を突っ込み、小さな袋を取りだした。袋を開け、中に入っていた煙草の吸い殻を火にくべる。

（うっわ）

火の中に若い男の姿が映し出された。火の揺らめきに重なって、男の輪郭が歪んでいく。男が苦しげに身を折る姿が見えて、ゾッとした。

『うわあああ』

読経をしている最中に、男の悲鳴らしきものが聞こえて、歩は一瞬息を呑んだ。声は実際に聞こえたわけではなく、呪いを受けている男がどこか遠くで発しているものだった。それは女性にも聞こえたらしく、そっと振り返ると数珠を握りしめて女性が肩を震わせる。

「ああ、ああ、……ありがとうございます」

女性は涙を流しながら愉悦の表情を浮かべる。女性には呪いが届いたと分かったのだろう。男女の間に何が起きたか知らないが、女性は長年の苦しみから解き放たれたように嗚咽(おえつ)している。すると不思議なことに女性のうなじから黒い影がすぅっと出てきて、護摩木の煙に絡み取られた。

黒い影は苦しそうに護摩木の煙に巻かれ、徐々に消えていく。

（今、彼女の憎悪も昇天させたんだな）

歩は読経を続け、父が何をしているかをしっかり確認した。

父のしているのは呪法と呼ばれるものだ。本来は推奨されないものだが、父は苦しみに喘(あえ)ぐ人のために続けている。父は呪いたい相手へ罰を与えることだけでなく、依頼に来た人の煩悩も昇華させている。そうしなければ無為に呪いたい相手への復讐(ふくしゅう)を続けてしまうからだ。

以前はあまり好ましくなかった父の仕事だが、今はこれも救いのひとつだと歩も思っている。けれどそれを自分ができるかどうかは別問題だ。

自分の中にはたとえ悪人でも刃を向けていいのかという疑問がある。それを是とするならできるだろうが、歩の性格上、そこにひっかかりを残してしまう。この小さなひっかかりは、解消できない限りいずれ歩の心に大きな傷を残すだろう。

呪法は夜明けまでかかったが、最後まで女性は熱心に祈り続けていた。

「ありがとうございました」

呪法を終えて、晴れ晴れとした笑顔で女性は帰っていった。来た時には鬱々として暗かったのに、まるで別人だ。これほど劇的に変化する依頼主も珍しく、父も満足そうだ。

「徹夜でやったから、さすがに疲れたな。後片付けは起きてからやるか」

父も歳なのか、大きく伸びをして仕事部屋を出ていく。歩も座布団をしまった後、自分の部屋に戻ってひと眠りした。

昼頃目が覚めてスマホを見ると、西条から連絡が入っている。今度の日曜日なら会えるようだ。

(西条君に会えるのは嬉しいけど……、奥さんの目を盗んで来てるっぽいよなぁ。これって身体の関係はないけど不倫状態では？　俺、一応元彼なわけだし)

依頼に来た女性を思い出すにつけ、そんなことが気になり始めた。西条の記憶がないので何ともいえないが、臨月の近い奥さんの知らないところで何度も会っていいのか分からなくなった。未来の二人のために会うのをやめるべきだろうか？

(ううー。こういう恋愛ごとの経験値がないから何が正解か悩むなぁ。つき合ってるって言わないほうがよかったかな？　まぁその前に信じてもらえなかったんだけど)

西条のメールに返信をして、歩は布団を畳んだ。父はまだ寝ていたので、愛犬の散歩に行き、ついでに買い物もすませる。次に西条に会ったら、奥さんについて聞こうと胸に留めながら会える日を待ちわびた。


日曜日になると桜の開花が始まり、春真っ盛りという様相を帯びてきた。

西条とは上野（うえの）で行われている桜祭りの会場で待ち合わせをしていた。天気もいいので公園は花見の客でいっぱいだ。歩はパーカにジーンズという軽装で屋台を見て回った。歩いている途中で西条から電話が来て、不忍池（しのばずのいけ）の近くで待っていると言われる。

「西条君！」

ぼんやりと池を眺めている西条を見つけ、歩は声を上げた。西条は春用のコートにスーツ姿だった。西条のスーツ姿はやはり格好良くて、振り返った姿にドキドキする。

「おう」

西条は吸っていた煙草を消して、吸い殻を携帯灰皿にしまう。どこか疲れたしぐさで髪を掻き上げ、駆け寄ってきた歩をじーっと見つめた。

「ど、どうかした……？」

品評会に出た作品みたいに鋭い視線で観察され、歩は身の置き所がなくて自分の腕を抱いた。

「いや……この前お前が俺とつき合ってたとかいうから、ずっと考えてたんだが……」

西条は苦しそうに眉間にしわを寄せる。

「やっぱりどうしても信じられない。俺とお前がつき合ってたなんて……。お前みたいなダサ……いや、もさ……、あー、いかにもいいこちゃん風なのとつき合うなんて俺がするわけない。ないよな？　何度考えても納得いかない。想像がまったくつかねぇ」

あれから長い間考えていたらしく、西条は苦悩を滲ませる。

「そもそも男なんて絶対無理だろ。まさかお前、俺の弱みでも握ってたのか？　いや、俺が弱みくらいで男とヤるわけねーな。すげー綺麗な男でワンナイトだけとかならありえるかもしれねーけど、お前みたいなのに手を出すか？　同情？　同情で抱いてやったとか？　あるいはクスリでもキメて前後不覚になっていたのか？　セックスなしは絶対ねーから、こいつとヤったのか……？　嘘だろ」

ぶつぶつと呟き、西条が腕を組んで考え込む。

「西条君……安心して。西条君は俺にしょっちゅうキモいとかダサいとか言ってたよ」

「そうだよな！」

我が意を得たりとばかりに西条が声を上げる。

「よかった、記憶にねーけどそれなら俺っぽい。いや、そうするとマジでお前と……？　ホントかよ。なんか変な扉、開けちまったのか？　よっぽど中出しでもしたかったとか？」

西条の話が変な方向に行きかけたので、歩は慌てて腕を引っ張った。

「西条君、こんな明るい外で話す内容じゃないよ。どこか落ち着いた場所で話さない？　俺も聞きたいことあるし」

「そうだな。出店も出てるし、何か食うか」

西条は屋台を見て回り、肉の串焼きややきそば、チーズタッカルビを買い込んでいる。歩はカラオケボックスとか人に聞かれない場所で話したかったのだが、西条は祭り会場から少し離れた縁石に座り込んで屋台飯を食べ始める。

「お前、それしか食わねぇの？」

西条の隣に座ってじゃがバターを頬張る歩に、西条が不思議そうに聞く。

「お腹空いてないから」

歩が首を横に振ると、ふーんと呟いて西条がすごい勢いで屋台飯を食べ尽くす。食べ終わった頃に話しかけようとすると、「お前、ここでちょっと待ってろ」と言い残して、また屋台の並ぶ通りへ行ってしまう。十分ほどして戻ってきた時は、また両手にたくさんの屋台飯を買い込んでいる。自分と一緒にいた時にもこういう祭りに来たことはあったが、こんなふうに大量に屋台飯を買うことはなかった。

「西条君、そんなにお腹空いてるの？」

歩が呆れて言うと、西条は再び歩の隣に座り、イカ焼きを口に運ぶ。

「いや……ちょっとこれはストレス解消……的な」

西条は渋い表情で、今度は焼きトウモロコシにかぶりついている。

「ストレス……？」

「あいつの飯がクソ不味（まず）くてな……」

思わずといったように愚痴がこぼれ、西条がハッとする。

「わりぃ、今のは聞かなかったことにしてくれ」

西条はそっぽを向いて、焼きトウモロコシをぐるぐる回す。あいつ、というのはきっと奥さんのことだろう。ずきりと胸が痛んで、歩はうつむいた。

「西条君……。いつ、結婚したの？　どこで知り合ったの……？　俺、すごいショックだったよ。もちろん約束破った俺が悪いんだけど……」

聞きたくないと思う一方で、きちんと聞かなければ駄目だと歩は思った。今でも西条のことが好きで、西条以外の人は考えられないが、西条が別の人を選んだというなら身を引かなければならない。いっそきっぱりとこの想いを消し去ってほしい。歩は目を潤ませて西条を見た。

「あー……。んー……」

西条は言葉を濁しつつ、ちらりと歩を見やる。その顔がぎくりとして、固まる。

「……お前、泣いてんの？」

自分を見つめていた西条が、面食らった様子で聞いてくる。そう言われて初めて頬に涙が伝っていたのを知った。急いで目元を擦り、苦笑した。

「だって俺、西条君が好きなんだもの。今でも」

歩が鼻を啜りつつ言うと、西条が動揺したように焼きトウモロコシを膝に落とした。

「あ……っ」

西条が舌打ちして手を泳がせる。歩は無意識のうちにバッグからポケットティッシュを取りだして差し出した。

「サンキュ」

西条は歩の手からポケットティッシュを受け取り、汚れたズボンを拭く。何げない様子でポケットティッシュを返そうとした西条が、考え込むように歩を見つめる。

「どうしたの？」

ポケットティッシュをバッグにしまいながら、歩は首をかしげた。

「いや……。何でお前、俺がティッシュ欲しいって分かったんだ……。つぅか今のあうんの空気感、ヤバくね？　……はー。マジでお前とつき合ってたのか。嘘だろ」

西条は芯だけになった焼きトウモロコシをビニール袋に突っ込み、頭を抱え込む。よく分からないが、西条は自分との関係を認めてくれたようだ。

「実はお前、いい子ちゃんぽい感じだけど、すげービッチとか？」

買ってきたビールをぐいっと飲んで、西条が探る目つきで聞く。

「ひどいよ！　俺、西条君しか知らないよ！」

真っ赤になって歩が言い返すと、西条が身を震わす。

「え、見た目通りなのか。マジかよ……男とはいえ処女に手を出すなんてありえないんだが。俺、相当酔ってたとか？　やっぱクスリでもキメてたのか？」

「めちゃ素面（しらふ）だったよ！　もう西条君、どうして悪いほうにばかり考えるの？　西条君は俺と会った時ろくに眠れなくてね。俺の傍だと何故か安眠できてたんだよ。で、俺が好きになって、俺けっこう料理得意だから胃袋を摑（つか）んだというか」

「嘘……。俺が安眠なんてできるのか？　胃袋摑まれたのは、何となく分かる」

西条は興味を惹かれたように顔を近づけてくる。

「もしかして今もあんまり眠れないの？　しょうがないかもね。だって西条君、ものすごくいろいろ背負ってるし」

つい西条の背後を見やり、不穏な発言をしてしまう。案の定西条はうさんくさいものを見る目つきで、身を引いた。

「どういう意味だ？　霊が、とか言い出したらはっ倒すぞ」

西条に厳しく言われ、歩はがっくりきた。

長い間一緒にいることで霊に対するアレルギーを少しずつ減らしていったのに、また最初に逆戻りだ。

「あのね、西条君。その辺の押し問答はもうやり尽くすくらいしてるんだよ。大体、西条君。スマホはどうしたの？　スマホを見れば俺とつき合ってたってすぐ分かるはずなのに」

前回連絡を交換したスマホは、明らかに新しく買ったもので、電話番号も変わっていた。

「気づいたらなくしてたんだよな。記憶もねーし、スマホもねーしでマジあん時は参った」

当時の状況を思い返したのか、西条がため息をこぼす。

「半年前だったかな。気づいたら病院にいて、それまでの記憶がねーからマジ焦ったわ。覚えのない女にお腹の子の父親だって言われるわ、病院に来た母親にもあいつとつき合ってたって言われるわで……、訳分かんねーけどまぁ俺ならありうるかもなって」

西条の話によると、彼女の名前は石館(いしだて)末海。二十五歳の元看護師らしい。しばらくして西条は昔の記憶は蘇ったようだが、ここ二、三年の記憶がすっぽり抜けていると気づいた。母親に強く言われて、子どものために未海と一緒に暮らすことになったそうだ。

「おふくろは彼女が身ごもってるし結婚するべきだって言うんだけど、いまいち気が進まなくてまだ籍は入れてねー」

西条はビールを飲みながらぽつぽつと語った。

「結婚はしてないんだ……」

歩は鼓動が速まるのを厭って、ぐっと唇を噛んだ。

これまでは西条が結婚したなら身を引くしかないと思っていたが、事情を知らされ、本当に二人がつき合っていたのか疑わしいと思い始めていた。メールで自分を捜してみろと言っていた西条が、早々に他の女とつき合うだろうかと考えたのだ。西条の貞操観念がゆるいのは知っているが、自分への想いが残っていたと信じたい。

その一方で、もし西条に自分との記憶がなければ、平気で別の女とセックスしただろうという想像もついた。歩と会う前の西条に戻ったのだから、当然行動も同じになる。

「まぁでも、あいついかにも簡単にヤれそうな女だから、きっと避妊が失敗したんだろ」

西条は考え直すように言う。西条の発言がぐさりと胸に突き刺さり、歩は消沈した。二人の仲を否定したいが、たとえ結婚していなくても、今は一緒に暮らしているのだ。当然身体の関係もあるだろう。

「今……仕事はどうしてるの？　塾の講師はしてないよね？」

　歩は嫌な考えを振り払って、話題を変えた。

「ああ。今は翻訳の仕事を請け負ってる。あいつ、俺がいないと情緒不安定になるから、自宅でできる仕事に切り替えたんだ。本当は講師のほうが好きなんだけど」

　空になったビールの缶をビニール袋にしまい、西条が煙草を取り出す。

「そう……なんだ」

　西条が別の人と暮らしている事実が頭にのし掛かり、歩は暗い声を出した。

「っつーか、俺とつき合ってたならさ。何で俺、海外に一年も行ってたんだ？」

　煙草に火をつけて、西条がいぶかしげに問う。

「俺は覚えてねーけど、一年くらいイギリスに行ってたんだろ？　その後もお前とは繋がりがなかったみたいだし、そもそも約束って何だ？」

　西条は深く息を吸い込んで、煙を吐き出す。じっと見つめられ、歩は膝を抱えた。

「前も言ったと思うけど……俺が修行に行ってる間は、離れてたんだ」

　言葉を選びつつ、歩は西条の整った顔を見つめ返した。

「一年だけ待っててくれるって西条君は言ったんだけど、俺の修行期間が二年もかかっちゃって……。イギリスに行ったのは、俺と会えないからだと思う」

「俺がお前と会えなくて、つらくてイギリスへ？」

おそろしいものを見るような眼差しで確認され、歩はムッとした。俺はそんなキャラじゃないと西条がぶつぶつ呟いている。

「信じてくれなくてもいいけど」

「ああ。とても信じられない……ぶっちゃけホラーだ」

西条はすぱすぱと煙草を吸い、黙り込む。

聞きたかったことを聞き終えて、歩は途方に暮れた。これからどうしようと思い悩んだのだ。西条の事情は分かった。歩としては西条とやり直したいが、すでに臨月近い彼女と同棲していて、西条は自分のことを覚えていない。

記憶をなくしても自分を好きになってくれると思いたいが、それはあまりに希望的観測すぎる。

西条とは一目惚れの関係というわけではないし、恋人のいない状態ならいざ知らず、西条にはもう同棲相手がいる。それを引き裂いて自分に振り向かせる度胸は歩にはない。それにお腹の子どもを父親のいない子にするわけにはいかない。

考えたくはないが、自分が戻ってこなくて、西条が記憶をなくして彼女と身体の関係を持ったのは十分すぎるくらい予想がつく。避妊しなかったのか、あるいは結婚してもいいくらい彼女に惹かれたのか、真相は不明だが、彼女は妊娠した。だから西条は責任をとって、一緒に暮らしていたのだろう。

西条は身持ちは軽いが、無責任な人間ではない。

逆に言うと、責任感があるから、真面目そうな人とはこれまでつき合ってこなかったのだ。

「俺……、もう西条君と会うの、やめるね」

言葉にするとものすごい悲しみに襲われて、歩はぽろぽろと涙をこぼした。

西条が好きで好きでたまらないが、これ以上会ってはいけないと痛切に感じた。それは彼女に対する不貞行為になるし、幸せな夫婦生活を踏みにじる行為だと思ったのだ。

「今までありがとう。西条君と一緒にいた時は、ものすごく幸せだったよ……。こんなに人を好きになれるなんて思わなかった。たくさん迷惑かけてごめんね。幸せになって」

歩は目元を擦りながら西条に想いの丈をぶつけた。西条は驚いた様子で歩を見つめ、煙草の灰を膝に落とした。

「もう行くね。さようなら、西条君」

歩は懸命に笑顔を作り、腰を浮かせかけた。

ふいに腕が引っ張られ、西条に抱き寄せられる。西条の鼻先が首元をくすぐり、歩はびっくりして縁石に尻を落とす。

「……」

西条は持っていた煙草を地面に落とし、歩の肩に顔をくっつけた。

「西条君……？」

突然抱き寄せられて歩が赤くなって固まると、西条が髪をがりがりと掻き乱す。

「何で俺は……？」

西条自身も歩を何故抱き寄せたのか分からないようで、困惑している。すると西条はぐっと歩を抱きしめ、耳朶の裏に鼻を寄せた。西条の吐息が耳朶にかかり、覚えのある感覚に襲われて目眩がした。西条の匂いを嗅いで、何度も抱かれた甘さが蘇る。

「お前の匂い……好きかも」

ぼそりと呟き、西条がやっと手を離す。

西条は歩から身体を離すと、地面に落とした煙草を靴で踏み潰す。

「ぜんぜん思い出せねーけど、お前の匂いは……確かに俺の好みだ。わりぃ、今はそれしか言えない」

歩から目を逸らして西条が言った。その言葉だけで歩は胸が熱くなった。

「うん。ありがとう、西条君」

歩は再び立ち上がり、できるだけ明るい顔で別れようと努めた。

「じゃあね」

西条に手を振り、歩はゆっくりと離れていった。西条は手を振り返すことはなく、歩を引き留めることもしなかった。

西条の声がかかるのを祈っていたが、それは叶(かな)わなかった。歩は駅について電車を待つ間、止めどなく流れる涙に胸を痛めていた。

■3　別れても好きな人

　家に戻って歩はひと目もはばからず泣き暮れた。愛犬のクロが心配してか、ずっと歩と身体をくっつけていた。失恋がこんなにつらいこととは思っていなくて、西条の写真や思い出の品々を見ただけで涙がこぼれ、何もかもやる気を失った。

　西条と再会した時は、きっと彼女とは何かの間違い、自分のほうに戻ってくると信じていた。けれど事情を聞き、西条が自分を思い出すそぶりも受け入れる様子もないと分かり、本当にフられたのだと身に染みた。

　初めての失恋は身を引き裂かれるようにつらく、世界は色を失ったみたいだった。とはいえ、日常というのは否応なくやってくる。朝勤行をこなし写経に務めているうちに自分を取り戻していった。西条との縁が切れたのなら、それを受け入れるしかなかった。もちろん西条を嫌いになったわけでも忘れたわけでもない。会えなくても、付き合えなくても、歩は西条を愛している。ただ好きで、西条の幸せを願う。今の歩はそれに尽きるのだ。

「上出来、上出来」

父と一緒に居間で朝食を食べていると、じーっとこちらを見てそう言われた。ちゃぶ台には焼き魚にサラダ、漬物、味噌汁が並んでいる。父の健康を考えて最近は五穀米を食べている。

「何が?」

歩は漬物をぽりぽりさせて首をかしげる。

「フられても、堕ちてない」

父は焼き魚を頭から嚙み砕いて、にやりとする。父には西条と別れたことを話していた。特に慰めるでもなく、「そうか」の一言で終わった。息子の恋愛など興味はないのだろうと思っていたが、どうやら父はずっと歩を観察していたようだ。

「そう……かな」

かなりショックを受けて枕を涙で濡らしていたのだが……。

「以前のお前なら、あの男にフられたら霊のひとつやふたつ、くっつけてきただろう。今のところ綺麗なもんだ。精神が落ち着いているようだな」

父に指摘され、歩は思い当たる節があって苦笑した。以前は確かに西条の言葉ひとつで心が揺れて、不浄仏霊を肩に乗せていた。憑依されやすい性質なので、ネガティブな感情になると、似たような霊体を引き寄せてしまうのだ。

「まぁ、フられても西条君を好きなことには変わりはないしね……」

食後のお茶を淹れながら、歩はふと玄関のほうへ目を向けた。人の気配を感じたのか、座布団の上で寝ていたクロが耳をぴんと立て、玄関へ駆けていく。同時にチャイムが鳴り、歩は腰を上げて玄関に出た。

「どちら様……」

がらりと引き戸を開けて、歩は目の前にいる人物に目を丸くした。何故か目の前に西条が立っている。ニットのセーターにズボンというラフな格好で、両手に大きな紙袋とキャリーケースを持っている。西条は目の下のクマがひどくて、寝不足のようだった。

「おう」

西条は軽く頭を下げる。歩は意味が分からずに、その場に立ち尽くした。もう二度と西条とは会わないという気持ちで別れたのに、どうしてうちに来ているのだろうか？

「こいつ、預かっててくれ」

西条は持っていたペット用のキャリーケースを押しつけてきた。びっくりして覗き込むと、黒猫が入っている。これは間違いなくタクだろう。

「え、え、え？」

西条とタクを見比べていると、大きな紙袋も渡される。

「お前、俺の実家に行ったたって言ってただろ？　どうやらその後からタクがシャーシャー怒ってるっておふくろに泣きつかれた。飯も食わなくなって、おふくろが困って俺に引き取れってうるさくて」

西条は明後日(あさって)の方向に目を向け、少しつっけんどんな口調だ。

「あ、うん。え……っと？」

タクを引き取ることはやぶさかではないが、この展開は考えていなくて歩は無言になった。

「じゃ、頼んだぞ」

西条はくるりと背を向けて去って行こうとする。

「ま、待って西条君！」

つい引き留めてしまい、歩は門に向かう西条に駆け寄った。西条はどこか複雑そうな表情で振り返り、キャリーケースを抱きかかえる歩を見る。

「あの、もしかしてあんまり寝てないの？　クマがすごいよ？」

本来ならこのまま帰すべきなのだろうが、西条は疲労困憊(こんぱい)という感じで、とても見過ごせない。きっと実家も、今住んでいるところも、落ち着けないに違いない。

「ああ……、ちょっとここんとこひどい」

西条はだるそうに目元を擦(こす)る。

「よかったら、ちょっと寝てく？　客間もあるし」

　歩は紙袋を地面に置いて、西条の腕を引いた。

「いや……」

　西条は抗うそぶりを見せたが、歩が強引に引っ張るとのろのろと動き出した。おそらくタクを押しつけただけではよくないと回らない頭で考えたのだろう。

「父さん、ちょっと西条君を寝かしつけるから」

　家に上がりつつ、居間で新聞を読んでいる父に声をかける。西条は父親がいるとは思っていなかったようで、躊躇して立ち止まった。足音がして、父が玄関まで姿を現す。

「久しぶりだな、おーおー。嫌なの連れてるなぁ」

　父はひとめ西条を見るなり、ニヤニヤして言った。笑いながら人差し指と親指で、弾くような動きをする。すると一陣の風が吹き、西条にくっついていた悪霊が数体玄関から逃げていった。

「何だ？　今の」

　西条には突風が来たと感じられたようで、しきりに後ろを気にしている。西条は父に「ども……」と口ごもったような挨拶を返す。困惑する西条を強引に家に上げ、奥の客間へ連れて行った。

客間に西条を通すと、タクの入っているキャリーケースを下ろし、押し入れから布団を取り出した。手早く布団を敷き、枕を置く。

「西条君、どうぞ。ちょっと横になるだけでも違うと思うよ」

笑顔で西条に布団を勧めると、戸惑った顔で畳の上にあぐらをかく。

「いや、いきなりお前……」

西条が躊躇しているので、歩はキャリーケースからタクを出した。おそるおそるというようにタクが顔を出し、外へ出てくる。タクは初めての場所を確かめるように、周囲の匂いを嗅ぎ、歩き回る。

「よかった、怒ってねーな。実家にいた時は俺にもシャーシャー恐ろしかったんだが」

西条は落ち着いているタクを見て安心したようだ。大きな口を開けてあくびをする。

「すっげ、眠い……。わりぃ、マジで寝かせてもらっていいか?」

抗いきれない力に押されたように、西条がのそのそと布団に横たわる。ものの数秒で寝息を立てたので、歩もつい笑ってしまった。

(ずっと眠れなかったみたいだなぁ)

西条の目元が窪(くぼ)んでいるのを案じ、歩は布団をかけた。西条とはまだ縁が繋(つな)がっているのだろうか。渡されたタクの存在が自分と西条を結んでくれるようで、胸が高鳴った。

客間のふすまをしめて居間に戻ると、タクがついてくる。玄関前に置きっぱなしの紙袋を中に運んで、居間でお茶を飲んでいた父に、タクを紹介する。

「父さん、しばらくタクも家で飼っていい？」

「おう。鳥が食われないようにしろよ」

父はペットが一匹増えようがどうでもいいらしく、新聞を広げて読んでいる。

にゃぁと鳴きながらタクが足下にすり寄ってきた。前回会った時は怒っていたが、目を合わせると今は怒っている様子はない。

「タク、ごめんね。振り回しちゃって。しばらくうちにいてね」

そっと指を鼻先に寄せると、くんくんと嗅がれた。タクは怒っていたのが嘘みたいに、すぐ身体をすり寄せてきた。きっとあの時怒っていたのは、ずっと放って置いていたせいだろう。修行に行く前にタクにはしばらく会えないことを言い聞かせたが、ペットの身では分からないこともたくさんある。西条もいなくなって、タクからすれば保護者が消えたようなものだ。

「ごめんね、タク」

タクに申し訳ない気持ちが募り、何度も謝って抱き上げた。愛犬のクロは部屋の隅からタクを窺っている。もともとクロは猫が好きなので、タクを見て尻尾を振りまくりだ。

「クロ、仲良くしてね。タクだよ」

　歩が呼び寄せると、クロがどたどたと走ってきて、タクの周りを跳ね回った。そして匂いを嗅ごうとしたが、タクに猫パンチを食らい、消沈した。

「タク、クロのほうが先輩なんだからぁ」

　気の強いタクに呆（あき）れ、歩は立ち上がってタクを下ろした。大きな紙袋には猫用のトイレと砂、キャットフードが入っていた。早速お皿に移してタクに出すと、お腹（なか）が減っていたのかもぐもぐと食べ始める。ご飯を食べずにいたのはタクなりのストライキだったのかもしれない。

「元彼を家に連れ込むとは、お前もやるなぁ」

　新聞をめくって父がからかう。

「邪（よこしま）な心はないってば！　父さんだって西条君がやばい状態なのは分かってるんでしょ」

　慌てて否定して、タクの頭を撫（な）でる。

「タク、ありがとうね」

　タクのおかげで、まだ西条との縁が残った。

　この縁はどうなっていくのだろうと案じつつ、歩は食事をするタクを温かく見守った。

雑務を終わらせて昼食の準備を始めた。西条も食べるかもしれないので、冷凍していた肉を取りだして唐揚げを作った。父もあまり肉を食べないので、ここぞとばかりにたくさん作る。昼食の準備ができたところで客間をそっと窺うと、すっかり熟睡している西条が枕を抱えて寝ていた。

「あ、タク」

このまま寝かせておこうとしたのに、足音を忍ばせてやってきたタクが、西条の顔に腹を乗せて起こし始める。

「う、く……」

息ができなくて西条が目を覚まし、顔にのし掛かっていたタクを捕まえた。

「あー。……すっげ、寝た。何かすっきりした」

西条は大きくあくびをして、のっそりと身体を起こす。タクはじゃれるように西条にまとわりついている。あれほどひどかった西条のクマは、薄くなっていた。目の輝きも違うし、今にも倒れそうだったのがしゃっきりしている。四時間程度しか寝ていないが、熟睡できたので体力が回復したのだろう。

「西条君、大丈夫？　お昼できてるから食べない？　父さんは出かけたから、気にしないでいいよ」

まだぼーっとしている西条に声をかけると、もごもごしながら頷いた。居間に通して、座布団を渡す。ちゃぶ台の上には大量の唐揚げとタコとサーモンのマリネ、菜の花の辛子和え、里芋の煮っ転がし、味噌汁が用意されている。

「食っていいの？」

座布団にあぐらをかく西条に頷き、茶碗にほかほかのご飯を盛って渡す。

「いただきます」

西条は箸を手にして、静かに食べ始めた。その箸の動きが徐々に速まり、すごい勢いで唐揚げと白米を交互に口に運ぶ。

「マジで美味いんだけど！　お前、料理上手いんだな、すげー俺の好み」

西条は目をきらきらさせて、唐揚げを咀嚼している。みるみるうちに二杯目のお代わりを頼み、大量に作った唐揚げを胃袋に収めていった。ご飯は三杯食べ、味噌汁は二杯飲んだ。副菜もほとんど食べてくれたし、作り甲斐のある食欲を披露した。

「っかー、美味ぇ！」

食べ終えて食後のお茶を飲み、西条が満足そうに腹を撫でる。

「よかった、俺も嬉しいよ」

西条は一緒に暮らしていた時も、本当に美味しそうに食べてくれるので作り手としてもやる気になる。久しぶりに西条の食べる姿を見て、こういうところも好きだったのだと再確認した。

「……」

西条はじーっと歩を見つめ、何か考え込んでいる。タクが西条の膝に収まり、身体を丸くして寝始めた。歩と西条が一緒にいるので、安心しているのだろう。クロも尻尾を振って西条に遊んでほしそうにしている。

「あのな……」

汚れたお皿を片づけてちゃぶ台を布巾で拭いていると、西条が言いづらそうに切り出した。

「何？」

西条の真面目な雰囲気に気づき、歩は手を止めて正座した。

西条は視線を泳がせて、膝の中のタクを撫でている。

「俺の身にもなってくれ」

ため息混じりに西条が言う。何の話かと思い、歩は首をかしげた。

「記憶なくして、訳分かんねーとこに俺の恋人だったたって腹のでかい女と、同棲してたってもっさい男がやってきたんだぞ。誰を信じていいか分からん。正直、おふくろでさえ何か嘘ついてるっぽいし……」

うなだれて西条がぼそぼそとしゃべる。どうやら西条は心に溜まっていたものを吐き出したいらしい。いつもの自信ある口調とは違い、どこか頼りなげだ。確かに西条の身からすれば記憶喪失は青天の霹靂（へきれき）だろう。平気そうに見えたので気にしていなかったが、ある日突然、数年分の記憶をなくして西条だって不安だったのだ。自分の感情を押しつけるばかりで、西条の身になっていなかったと反省した。

西条からすれば、急に現れて同棲してたと言い出した男が、もう会わない、さようならと言い出す訳の分からない状況だ。

「ごめん……そうだよね。自分のことばかりで、西条君のことを考えてなかった。西条君のために会わないほうがいいと思ったんだけど、俺が間違ってた」

歩が頭を下げると、西条がうなじをがりがり搔（か）く。

「や……。まぁ、多分、俺がいい加減なのが悪いんだろ」

「西条君はいい加減じゃないよ！」

つい歩は叫んでしまい、西条を怯（ひる）ませた。

「あの……。そりゃ昔は女の子をとっかえひっかえしてたけど、俺とつき合ってた時は、浮気なんか一回もしてなかったし、すごく頼りになるし、ホント自慢したいイケメンだったんだから！」

西条を悪く言われてはたまらないので、歩は力説した。けれどそれは西条にとって信じがたい自分だったようだ。いかにも疑う目つきで見られ、歩は本当だと何度も繰り返した。

「俺がねぇ……ちょっと信じらんね。ただ、何で俺が猫なんか飼ってたのかは分かった。お前が連れてきたからだろ？　俺は家の前に猫が捨てられていても拾う人間じゃねーから」

西条が肩をすくめて口元を弛める。

「う、うん。そうだよ。でもこの子は西条君にも縁がある子なんだ。だから西条君も受け入れてくれたんだと思う」

西条の表情が柔らかくなったのに気づき、歩は意気込んで言った。加勢するようにタクもにゃーと鳴く。

「ふーん……。男とつき合ってたなんて信じらんねーけど、確かにお前とのほうがマジっぽいんだよな……。飯は俺好みだし、匂いも……。あいつとは、なんつーか……」

悩ましげに西条がタクの耳元を揉む。その先を聞きたかったが、西条は言葉をつぐんでしまい、明かされなかった。

「あの、聞いていいかな？　そもそも西条君、どうして記憶をなくしたの？　頭でも打ったとか？　あるいは事故、とか……？」

歩は気になっていた質問を口にした。記憶喪失なんてめったにあるものではない。よほどの衝撃があったのだろうと思ったのだ。

「ん？　ああ、目覚めた時は病院だったけど、別に外傷はないって医者は言ってた。山奥歩いてたから、足でも滑らせたんじゃねーかと思ったんだけどな」

「山奥？　どこの山にいたの？」

　何故西条が山奥など歩いていたのか疑問に思い、歩は身を乗り出して聞いた。

「……奥多摩(おくたま)のほう、らしい」

　歯切れの悪い口調で西条が言い、歩は西条の頭部の辺りをじっと見つめた。ふいに西条が足場の悪い山道で立っている姿が視(み)えてきた。西条の前には朽ち果てた墓石がぽつぽつとあった。墓石は大きな岩を削っただけの、古いものだ。一見墓には視えなかったが、歩にはそれが墓だと分かった。

「西条君……。もしかしてお墓参りに行ったの？」

　歩は目を細めて霊視した映像を追った。すると西条がぎくりとしたように後ろへ飛び退(の)き、膝の中にいたタクがにゃあと鳴いて飛び出した。西条の顔が強張(こわば)っている。

「……どういう意味だ？」

　西条は何故歩が何も言わないのに理解したのか不気味そうにしている。映像が途切れて、歩もぎゅっと目をつぶった。

「ごめん。ちょっと視えちゃった。俺、西条君から聞いてるんだ。西条君の家系は男性が早くに亡くなることが多いって。小さい頃、お祓いしようとしたお坊さんが目の前で亡くなったのがショックだったって言ってたよ。でも今の映像……西条君ちのお墓じゃないっぽかったけど」

「そんなことまで言ったのか？　マジで？」

西条は青ざめた表情で、声を上擦らせている。

「中学生の時、死のうとしたこともあったって話してくれたよ。高台で死のうとしたら俺が葉っぱ押しつけてきて死ねなかったって。あれは葉っぱじゃなくて山菜なんだけど」

畳みかけるように歩が言うと、西条が大きく震えた。

「怖い、怖い、怖い」

西条は心底恐ろしかったのか、幽霊を見るかのように歩から離れる。

「俺、マジでお前とつき合ってたのかもな。そんなへビーな話、フツーしねぇ。誰かに話すとかマジで考えられねーんだけど。はー、俺、どうしちまったんだ……？　ひょっとして変な宗教にでも入ってたのか？　死んでる人間、生き返らせるくらいしないと信じないほどの俺が、そんな話、他人にするなんて」

両手で顔を覆って、西条が座布団に突っ伏す。

「どうもしてないってば。西条君は忘れてるみたいだけど、俺の父親が三日もかけて除霊して、早死にの運命からは逃れられたんだよ。早死にの呪いは、西条君のご先祖がある一族の男子を皆殺しにしたのが原因だったんだ。殺された霊たちの恨みがすごくてね。除霊はしたけど、それは一時的なもので、年に一度は大がかりな供養をしなきゃいけなかったの。俺と一緒だった間は無理矢理連れて行ったんだけど、二年離れてた間、やってなかったみたい。それでだんだん悪霊たちが活発になってきて、今、西条君もだけど実家のほうもやばい感じになってるの」

ここまできたら全部言っておこうと、歩は一気にまくしたてた。霊嫌いの西条に先祖の霊がどうのこうのと言っても受け入れてもらえるか分からなかったが、実家の様子はかなり逼迫（ひっぱく）している。タクが怒っていたのは歩のことはもちろんあるだろうが、家の中に居座る悪霊のせいもあるはずだ。

「霊などいない。霊がいるとか言っているやつは頭のおかしい気弱な人間だけだ。ノイローゼなんだろう。ありもしないものをいると言うことで、自己を確立しているんだな。承認欲求が強いに違いない。死んだら人は終わりだ」

無表情になった西条が目を逸（そ）らして呟（つぶや）く。

「はいはい」

かつて通った道なので、歩は適当に返事した。するとその返事が気に食わなかったのか、頬を思い切りつねられた。

「いひゃい……っ」

　頬を引っ張られ、首を曲げて抵抗する。

「なーんかムカつくんだよなぁ……」

　苛立たしげに頬をつねられ、急いで手を振り払う。

「でも西条君、何でそんな朽ち果てたお墓のところにいったの？　もしかして……先祖が皆殺しにした一族の墓、とか……？」

　ハッとして歩は手を打った。霊視で視た映像は、西条が墓石に詫びている様子だった。西条が墓参りするなんて、他に考えられない。

「それは……俺にも分からん」

　そっぽを向いたまま、西条が唸るように言う。

「ねぇ、俺もそこへ行ってみていいかな」

　どうにも気がかりで、歩は額に手を当てて言った。西条の瞳が不安げに揺れる。

「何で記憶がなくなったのか、そこへ行けば分かるかもしれないし」

　視えた景色は先へ進む手立てに思えた。本当にその墓石が西条に恨みを抱く一族のものなら、その場に行って供養するという手もある。

「マジで言ってんの……？　いや、霊などいないと俺は思ってるけど。うーん」

西条は居住まいを正して、腕を組んで首を振っている。タクは大きく伸びをして、西条にすり寄った。

「分かった。俺も行く」

五分くらい悩んだ挙げ句、西条はその結論を出した。歩は顔を輝かせ、スケジュール帳を取りだした。西条はすぐには予定を立てられないのか、またメールで連絡するという。頃合いを見計らったように西条のスマホが鳴り出し、面倒そうに着信名を見る。西条は電話には出ずに、腰を浮かせて「もう帰るわ」と立ち上がった。

「ともかくこいつ、ちょっと預かってて」

タクを指さし、西条が返事を待たずに玄関へ向かう。縁が切れると思った西条とこうしてまた繋がったことに、歩は不思議な思いに駆られた。西条の背中に熱い視線を送り、残った唐揚げをタッパーに詰めて手渡した。

「あー、ともかくそういうわけで」

歩に軽く手を振り、西条が足早に去って行く。次に西条と会う時に何か変わるかもしれないという予感があった。これが吉と転べばいいと願い、歩は西条の背中が消えるまで見ていた。

猫が増えてどうなるかと心配だったが、愛犬もオウムも新しい仲間を受け入れると決めたようで問題は起きなかった。もちろん大和(やまと)を放鳥する際は、タクには別の部屋に行ってもらった。ペット同士の仲がよくても本能的な部分は存在するので、無理に仲良くさせる必要はない。大和は大きな鳥なのでタクにやられる可能性は低いが、逆にタクを傷つける危険もあったからだ。タクとじゃれていると、西条家の問題がどうしても頭に蘇(よみがえ)った。

あれから西条からの連絡はまだない。歩からはいつでも行けるというメールを送っているが、返信は来ていない。

じれったい思いを抱え実家で過ごし、二週間が過ぎた。街は桜が満開で、道行く人も心なしか浮かれている。春の陽気のせいか、父に依頼に来る人も引っ越しの相談や人間関係の悩み、業績を上げたいというまともなものが多かった。父の代わりに歩が対応するものも増え、アルバイト代を得ることもできた。

風の強い日に桜の花びらが舞い散り、少しずつ葉桜になっていく。いつも桜の時期はあっという間に過ぎる。去年は山にこもって山桜を眺めていたのを思い出した。

待っていた連絡は、週末に訪れた。スマホに西条から電話がかかってきたのだ。

『遅くなってわりぃ。明日なら時間がとれそうなんだが、いいか？』

西条は挨拶もそこそこに潜めた声で切り出した。愛犬の散歩で公園のベンチに座っていた歩は、「大丈夫だよ」と声をはずませた。

『じゃあ、九時に立川駅、待ち合わせで』

急いた様子で指示され、歩は分かったと答えた。するとろくに話もせずに電話が切られる。一方的な電話に少しひっかかるものは感じたが、とりあえず前進できればいいと、スマホをバッグにしまった。

家に帰り、歩は風呂掃除を終えて、居間でパソコンとにらめっこしている父に近づいた。

「父さん、俺明日、西条君と出かけるからね。何時に帰るか分からないから、クロの散歩よろしく」

父には西条の話はしてあるので、何のことかすぐに分かったのだろう。ちらりと歩を振り返り、目を細める。

「独鈷杵持って行け。念入りに読経しておけよ」

千里眼を持つ父には明日起こることが視えるのか、どきりとするアドバイスをもらった。独鈷杵とは金剛杵といわれる法具で、両端が尖った棒状のものだ。歩も修行している時に授けてもらい、お祓いやお清めに使っている。ふだんは持ち歩かないものだが、どうやら明日行く場所はそれほど危険なところらしい。

「分かった」

歩は素直に頷き、仕事部屋に行って、祭壇の前に正座した。身を清め、読経をして独鈷杵に聖天様の力を宿してもらう。これである程度の霊障は祓いのけられるだろう。

その日は早めに就寝して、翌日は朝早く起きて勤行をしてから出かける支度をした。

（あんまりいい天気じゃないな）

歩はからし色のシャツにカーディガン、デニムのパンツという格好でリュックを背負った。駅に向かう途中で、突風が吹き荒れ、歩は乱れた髪を手で梳いた。春の嵐という言葉がぴったりくる強風が行く手を遮る。空は厚い雲で覆われ、いつ雨が降り出してもおかしくない天気だ。折り畳み傘は持ってきたが、できれば使いたくない。

電車に長い時間揺られ、待ち合わせ場所の立川駅のホームで西条を待った。

ベンチに座っていると、スマホが鳴った。着信名は西条だ。

「西条君、どこ？」

電話に出てきょろきょろすると、『駅の外。車で来てる』と声が返ってきた。てっきり電車で行くのだと思っていたが、車だったのか。急いで駅を出て、駅前のロータリーで西条の車を捜した。

「こっち」

西条は見覚えのないシルバーの車から顔を出す。車に駆け寄り、助手席のドアを開けた。西条は黒いシャツに細身のズボンという服装だ。

「お邪魔します」

助手席に滑り込み、リュックを下ろして膝に抱えた。歩がシートベルトを締めるのを待たずに、西条は車をゆっくり動かす。

「この車、西条君の？」

急いでシートベルトを締めて、歩は聞いた。西条が以前乗っていた車と車種が違う。西条はロータリーをぐるりと回り、直線の道路へ走りだす。

「レンタカー借りた。前乗ってた車は売ったっておふくろが言ってた」

西条は駅から離れ、車の速度を上げて言う。たくさん乗った愛車が売られてしまったのは少し悲しい。西条は運転が好きなので、よく遠出をした思い出がある。

「電車で行くと思ってたよ」

久しぶりに見る西条の整った横顔に見蕩(みと)れ、歩は言った。

「すげぇ山奥だから車じゃないと行きづらい」

信号のところで車を止め、西条が助手席に顔を向ける。その目元がまた窪んでいるのに気づき、歩は心配になった。

「西条君、またひどい顔してるよ。眠れてないの？」

西条の全身から疲れたオーラを感じる。だるそうだし、覇気もない。

「ああ……、毎晩未海が寝かせてくれなくて」

重いため息と共に言われ、歩はずきりと胸が痛んだ。毎晩寝かせてくれない、なんて二人はそれほどセックスに耽っているのだろうか。籍は入れていなくても一緒に暮らしているので歩には何も言えないが、そんな生々しい話は聞きたくなかった。つい顔を背けて窓の外に視線を置く。

「なるべく寝ないようにするけど、やばくなったらちょっと車、停めさせてくれ」

西条は歩の傷心に気づいた様子はなく、運転しながらあくびをしている。

「分かった……」

落ち込んだ声で答え、歩はリュックを抱きしめた。西条に対する想いがまだなくならないので、同棲している彼女の話は気分を沈ませた。けれど自分がこうして西条と行動を共にしているのは、西条に関わる悪霊を追い払うためだ。

（落ち込むのはやめよう。彼女のことは気にしない！）

嫌な妄想を振り払い、歩は前を向いた。

都心から車で一時間半も過ぎると、奥多摩の自然あふれる景色が広がった。同じ都内とは思えないほど、青々とした山に囲まれる。奥多摩は観光地としても有名で、渓谷や鍾乳洞、湖や滝もたくさんある。西条はそれらには一切寄らず、どんどん深い奥へと車を走らせる。眠気覚ましのためか、耳にうるさいロックばかりかけているので、歩は少しつらかった。

「すごい道だね」

公道を逸れると車がすれ違えないくらい細い道に入り、舗装されていない険しい道を進んだ。山の中を走っているようで、道は急勾配をくりかえし、人気がまったくなくなった。歩たちの車以外は見当たらず、しかも嫌な感じで霧が出てくる。

「車で行けるのはここまでだな」

茂みで覆われた場所で西条は車を停めた。この先は徒歩で行くらしく、歩たちは車から降りた。目の前には鬱蒼とした木々に覆われた道が続いている。かろうじて細い山の上に向かう道があって、歩はリュックを背負って西条と一列になって歩き出した。

「こんな辺鄙な場所、どうして見つけられたの？」

何度考えても理解できなくて、歩は西条の背中に言った。

「俺も知らん」

西条もそれは疑問なようだ。西条は目を擦りつつ、力ない足取りで歩いている。十五分ほど山道を歩いていると、少しひらけた場所に出た。

「うわ……」

　歩は思わず身震いして、立ち止まった。斜面にわずかになだらかな部分があって、そこに霊視した景色が広がっていた。岩が茂みに埋もれるようにぽつぽつと並んでいる。雨雲が近づいてきて、お墓の不気味さと相まって嫌な空気を醸し出す。歩は近づこうとする西条の腕を掴んだ。

　これはやばい。

　歩はリュックを下ろして、独鈷杵を手にした。西条には分からないだろうが、ここに残った悪霊が、西条の姿を目にして騒ぎ出していた。目を細めて視ると、落ち武者の格好をした男たちが、刀を掲げて西条を斬りつけようとしてくる。

「そこから動かないでね」

　歩はリュックから水の入ったボトルを取りだし、真言を唱えながら中の水を周囲に撒いた。西条を斬りつけようとした落ち武者たちが、視えないバリアーに跳ね返って後退していく。その際、パシッという不可思議な音がしたようで、西条がきょろきょろした。

「オンアボキャベイ……」

　歩は数珠と独鈷杵を使って真言を唱え始めた。とたんに得体の知れない黒い影が辺りにざわめいた。この場所だけ日が翳り、落ち武者たちが奇声を上げながら騒ぎ立てているのが分かる。

西条は視えないながらも不穏な空気は感じ取っているようで、青ざめてその場に膝をつく。

何故西条がこの場所を探し当てたか分からないが、確かにここは西条の先祖が皆殺しにしたという一族が葬られた場所だった。おそらく当時もきちんと弔われてなかったのだろう。西条に対する恨みつらみが怨念となって深く残っている。

西条はこの場所に来るべきではなかった。もしかしたら供養したいという気持ちがあったのかもしれないが、逆効果だった。西条が記憶喪失になったのは、多分霊障だ。落ち武者たちの恐ろしいまでの憤りが西条の記憶を破壊した。

(とてもじゃないけど、俺には彼らを成仏することはできない)

真言を唱え、この場の浄化に務めながらも、歩は早々に判断した。本気で彼らを供養するならそれなりの供物と大がかりな祈禱が必要だ。とりあえず一時的に鎮めるだけはしようと考え、香を取りだして悪霊の心を抑えた。

一時的な結界を張ることができ、歩はひと息ついて振り返った。いつの間にか西条はぐったりとその場に座り込んでいて、苦悶に顔を歪めている。

「大丈夫？　西条君、車に戻ろうよ」

西条に肩を貸し、歩はだるそうな様子の西条を車まで移動させた。車に戻ると、西条は運転席で眠ってしまった。

(あんまりここにいるの、よくないんだけど……しょうがないね)

西条を起こすには忍びなくて、歩は運転席でスマホを開いた。西条が寝ている間は手持ち無沙汰だったので、ネットのニュースを読んでいた。

「西条君、そろそろ起きて」

午後三時を過ぎてもまだ西条が起きなかったので、歩は痺(しび)れを切らして西条の肩を揺さぶった。これ以上遅くなると、逢魔(おうま)が時といって、魔の時間帯になる。その前にここから立ち去りたくて、歩は必死に西条を起こした。

「う……」

顰(しか)めっ面で西条が重い瞼(まぶた)を開け、ぼーっとした様子で歩を見つめた。

「西条君、大丈夫?」

心配になって顔を覗き込むと、西条の手が伸びてくる。うなじに西条の大きな手がかかり、ぐいっと引き寄せられた。

「さい――」

言葉の途中で、西条にキスで遮られる。西条の吐息と匂いを感じ、歩は一瞬にして昔の自分に戻った。西条の薄い唇が、歩の唇に深く重なる。何度も重なった唇が甘くて、目眩(めまい)がした。

「……うわっ!!」

キスは始まった時と同じく唐突に終わった。驚愕した西条に押しのけられて、歩はぽかんとして固まる。西条は恐ろしげに歩を凝視し、口元を覆っている。

「何で俺、お前にキスしてるんだ⁉」

西条は赤くなった顔で、動揺している。それはこちらが聞きたいと内心突っ込みを入れ、歩は助手席のシートにもたれた。一瞬、西条の記憶が戻ったのかと思ったが、そうではないようだ。

「わ、悪い。俺がしといて何で、もねーよな……。ちょっと頭おかしくなってた」

西条も自分が支離滅裂な発言をした自覚はあるらしく、頰を赤らめてそっぽを向く。西条は寝る前のことも思い出したのか、軽く頭を抱えた。

「俺、何時間寝てた？　もうこんな時間か。寝たおかげか、すっきりした」

西条は運転席のドアを開け、煙草とライターを摑んで外に出る。

「ちょっと煙草吸わせて。一本吸ったら、運転するから」

歩に気を遣ったのか、西条は車にもたれかかって煙草に火をつける。歩も外の空気が吸いたくて、助手席のドアを開けて外に出た。いつの間にか雨雲は消え、厚かった雲の間から日差しが差し込む。天使の梯子と呼ばれる薄明光線ができていて、周囲の山と重なって美しい景色を描いている。

「――お前、すげぇな」

煙を大きく吐きだして、西条が歩に向かって言った。

「え？」

ずっと座っていて身体が硬くなっていたので、歩はストレッチをしながら西条を振り返った。

西条は短くなった煙草を手に持って笑う。

「何か分かんねぇけど、お前のおかげであそこの空気が綺麗になった。お前、坊さんだったの？　すげぇじゃん」

西条とは思えないほど素直に褒められて、歩はぽっと頬を朱に染めた。

「そ、そうかな……。嫌じゃなかったなら、いいけど」

霊を信じない西条だから、歩が読経したらうさんくさい目で見るものだと思っていた。だがそれは杞憂だった。西条は視えないながらも、しっかりとあの場の光景を感じ取っている。攻撃されていたのも分かったのかもしれない。

「ちょっと車、Uターンさせるわ。その辺で待ってて」

西条は煙草を吸い終えると、一人だけ運転席に戻り、車の向きを変え始めた。狭い道なのではらはらしたが、西条はきっちりと車の向きを反対にする。

「あれ？」

　運転席の西条に手招かれ、車に乗り込もうとした歩は、道の向こうから白い車が近づくのに気づいて足を止めた。こんな辺鄙な場所に車が来るなんて、と焦っていると、車が数メートル先で止まった。

　運転席に座っていた女性が、乱暴にドアを開けて外に飛び出してくる。

「希一(きいち)‼」

　鬼の形相で近づいてきたのは未海だった。黒いマタニティドレス姿で重そうな腹を抱え、怒りに目を吊(つ)り上げ近づいてくる。西条が驚いて車から出てきて、眉間にしわを寄せる。歩は西条と未海を交互に振り返り、何事かと息を呑(の)んだ。

「ちょっとあなた！」

　西条に近づいてきたと思った未海は、歩を見つけて声を怒らせた。憎悪に満ちた眼差(まなざ)しで睨(にら)みつけられ、歩はびっくりして背筋を伸ばした。

「うちの旦那に近づかないでくれない⁉　この泥棒猫が！」

　ヒステリックに怒鳴られ、歩は絶句して固まった。泥棒猫なんて本当に口にする人がいるのだと驚き、妊婦に胸ぐらを摑まれたことにさらに言葉を失った。未海の表情はまるでとり憑(つ)かれた悪鬼のようで、今にも歩を殺しかねないものだった。

「やめろ、こいつに手を出すな！」

西条が苛立った声で割って入ってきて、未海の腕を摑み上げる。未海は空いた手で西条の胸を激しく叩き、息を荒らげる。

「何でここが分かったんだ⁉　お前、俺のスマホに何かしたな！」

未海の怒りに釣られたのか、西条は険しい面持ちで彼女を押さえ込む。

「あんたが勝手に行っちゃうからでしょ！　希一は私の傍にいないといけないのに！　あたしの目を盗んでこんな男と！　許さないんだから！」

未海は激しく怒鳴り散らし、暴れ出す。西条はイライラした態度で未海の腕を摑んだまま、強引に未海が乗ってきた車に引きずっていった。西条は未海を運転席に押し込めると、身を屈めて何か話し合っている。遠目でそれを眺めていた歩は、泣き出す未海に鼓動が速まった。

何が何だか分からないが、未海は浮気現場を取り押さえに来た妻そのものだ。こんな辺鄙な場所にいたくらいで、どうしてあそこまで激昂するのか。理由は定かではないが、未海が悪霊を背負っているのが歩には分かった。しかも、未海にとり憑いているのは、間違いなく西条家に恨みを抱く一族のものだ。

（どこで彼女は拾ってきたんだろう？）

悪霊とはいえ、誰でも彼でもとり憑かれるものではない。何だか嫌な感じがして、歩は二人を注視した。

　このまま永遠に喧嘩が続くかと思ったが、三十分ほどして未海が少し落ち着いた。西条に宥められて、このまま帰ることにしたのだろう。西条が疲れた様子でこちらに戻ってきた。

「ほんとーに悪い。近くの駅まで送るから、そこから帰ってくれるか？　未海もそれで納得してくれた。ここに置いて行けとかマジで言うから、交渉に時間がかかった」

　車に乗り込みながら、西条がうつろな目で言う。急いで助手席に乗り込み、歩はシートベルトを締めた。

「もちろん、それでいいけど……。大丈夫？」

　想像していたよりもヒステリックな様子に慄きつつ、西条を窺う。

「ああ……。あいつ、俺のスマホにＧＰＳで追跡できるアプリ入れてやがった。あーマジこえー。すぐ削除しなきゃ」

　西条は車を発進させ、未海の乗ってきた白い車とぎりぎりの距離ですれ違う。すれ違いざま、運転席の未海に震え上がるほど恐ろしい眼力で睨まれ、歩は悲鳴を呑み込んだ。

「彼女、俺のこと知ってるの？」

　車の速度が上がって未海の車と離れていくと、歩は後ろを振り返って尋ねた。未海は狭い道で車をＵターンさせている。

「俺は何も言ってねぇよ。つか、フツー俺とお前がどうとか考えねーよな？　もしかしておふくろが何か吹き込んだのかも。お前と会うって言うと、マジで凶暴になるから、なかなか会う時間とれなかったんだ。今日は仕事で出かけるって言っておいたんだけどな」

西条は苛立つ気分を隠しきれずに、物騒な目つきになる。歩はすかさずミントのガムを西条に手渡した。西条は素直にガムを噛み、追って来た車をミラーで確認する。

「あいつ、やべーよな。ふつう、あんなでかい腹でこんな山奥まで俺を追いかけるか？」

西条は恐ろしげに身を震わせる。

「妊婦じゃなきゃ、殴ってたな」

何げなく呟かれ、西条が女性も殴れることは知っているので、歩は慌てて「駄目だよ！」と声を荒らげた。

「あの……それで西条君が記憶をなくしたのは、霊障のせいだと思うんだ。滞っている供養を再開すれば、少しよくなると思うんだけど」

最寄りの駅が近くなり、歩は後ろを気にしながら言った。未海の車は車間距離を詰めてぴったりと張りついている。

「霊障って何だ？　よく分かんねぇけど、あそこにはもう行かないほうがいいんだよな？　供養についてては、ちょっとおふくろに聞いてみる」

「そうして」

西条が頭ごなしに拒否しないので、歩はホッとして頷いた。歩の存在を煙たがっている西条の母親だが、息子から言われれば供養の大切さを思い出すだろう。

小さな駅に辿り着き、歩は礼を言って車から降りた。西条は軽く手を上げて、車を発進させた。その後ろに末海の乗った白い車がくっついていく。最後に殺意を滲ませた目で睨まれ、歩はぺこりと頭を下げた。

二人の今後に不安が尽きず、歩はしばらくの間、彼女の顔が頭から離れなかった。

■4　呪いは続くよ、どこまでも

西条と同棲している彼女のことは、帰ってからも気になっていた。

西条家を恨む一族の霊を鎮めたとはいえ、あくまで一時的なものだ。しばらくすれば再び活性化して西条に悪さをするだろう。おまけに彼女のほうに恨みを抱く一族の霊がとり憑いている。あれを何とかしないと、この先も西条はずっと眠れない日々を送るはずだ。

だがしかし、歩がこれ以上関わると、ヒステリックになっている彼女をさらに刺激するのは間違いない。妊婦である彼女は今の時期、特に安静にしなければならない。せめて子どもが生まれるまでは西条と関わらないほうがいいだろう。

そう思っていた矢先、予想を斜めに超える展開が待っていた。

歩の家に、警察が訪れたのだ。

「えっ！　ストーカー⁉」

制服姿の警察官が、玄関に出てきた歩に告げたのは、歩が石館（いしだて）未海にストーカーをしているというものだった。

「ありえないですよ！　っていうか、俺、彼女よく知らないし……」

いわれのない罪にたじろぎ、歩は冷や汗を掻いた。どうやら西条の同棲相手は歩をストーカーしていると警察に被害届を出したらしい。

「そもそも彼女の住んでいる家も知りません。調べてもらえば、俺が一度もそこに行ったことがないって分かります」

歩は同席した父にも聞かせるように、必死に警察官に説明した。女性から聞いている事情とぜんぜん違うので、警察官も困惑しているようだ。歩がラッキーだったのは、警察官と父が知り合いだった点だ。

「こいつは三月に入るまで、ずっと京都(きょうと)の寺にこもっていたんだ。ストーカーは無理だろ」

父が顎を撫でつつ言うと、警察官も困ったように帽子を脱いで髪を掻き上げた。

「そうだよなぁ。天野さんちの息子さん、帰ってたの俺も知らなかったしなぁ。何か行き違いがあるんだろう。もう一度確認してみるよ」

警察官はメモ帳に何か書き込んで、首をかしげる。

「歩君の現在の職業は？」

ボールペンで頭を掻きながら聞かれ、歩は「父の手伝いをしています」と答えた。警察官はある程度父の仕事を知っているらしく、何ともいえない表情になった。

「なるほど。石館未海さんについて、知ってはいるんだね？」

「あの……一緒に暮らしている西条希一って男の人と知り合いです。彼女のほうはよく知りません」

警察にも何が何だか分からないだろうと考え、歩は説明した。こうしてみると最初に会った時に西条を尾行しなくてよかった。一度も行ったことがないので、歩の目撃証言など出ないだろう。ストーカーを疑われても、証拠はないはずだ。

「分かりました。西条さんのほうにも確認してみます。また連絡しますので」

警察官は歩の全身をくまなく見つめ、頷いて去って行った。家の中に戻り、ぐったりして居間の座布団に倒れ込む。まさか警察官から事情徴取をされるとは思わなかった。あの未海という子は、歩を敵視している。こんな手を使ってくるとは予想外だった。

「恐ろしいのに目をつけられたなぁ。女の恨みは怖いというからな」

父はのんきに笑っていて、歩に同情すらしない。

「笑いごとじゃないよ。この前もすごい怖かったんだから」

恐ろしげに睨みつけられた記憶が蘇り、歩は身震いした。今の歩には神仏の加護があるので平気だが、そうでなければ憎悪の念で身を崩していたかもしれない。人の憎悪の念というのは意外と力を持っているもので、恨みなど買わないに越したことはない。

「しばらく大人しくしておくよ」

父にはそう言って、あまり西条について考えないようにした。ところが考えないようにしている時に限って、根本的な原因がやってきたりする。

「おう」

翌日の昼間、チャイムが鳴って玄関に走ると、目の下にクマを作った西条が立っていた。

「西条君……っ」

西条に会えて嬉しい半面、どこかに未海が隠れているのではないかとつい周囲を見回す。西条は大きくあくびをして、手を合わせる。今日は薄手のシャツにジャケット、ズボンという格好で、バッグすら持っていない。

「悪い、ちょっと寝かせてくれないか？　マジで眠れなくて倒れる寸前。他の場所じゃどうしても眠れなかった」

うつろな目つきで言われ、断り切れなくて歩は西条を家に上げた。クロが西条の来訪に気づいて、喜んで尻尾を振っている。タクもいつの間にか玄関に出てきて、西条の足下をうろつく。

「まーた嫌なのつけてんなぁ」

様子を窺いに廊下に出てきた父が、指で追い払うしぐさをする。その動きで西条に憑いてた小物の悪霊は消し飛んだ。

「父さん、西条君を寝かせてあげていい？」

「ああ。そうしろ。手当てしないと死んじまうぞ」

さらりと父に怖い発言をされ、歩は急いで客間に行って布団を敷いた。ふらふらな足取りで客間に入ってきた西条は、敷いた布団に倒れ込んだ。タクが西条に身体を寄せて丸まって寝始める。クロは遊んで欲しかったので西条が寝てしまいがっかりしたように尻尾を下げた。歩は西条の身体に布団をかけて、部屋を暗くして、そっと出た。

西条が来てくれるのは嬉しいが、今度は未海が自宅にまで押しかけるのではないかと心配だった。父にも事情を話し、万が一未海が現れたら警察を呼ぼうという話になった。

幸い未海が現れる様子はなかったので、歩はクロの散歩をすませたあと、西条のために夕食を作り始めた。冷凍していた豚バラ肉の塊があったので角煮とトンカツを作る。鯛もあったので、鯛ご飯にした。里芋の煮っ転がしやほうれん草の炒め物、わかめの酢の物など、肉を食べない父や自分のための料理も揃える。

午後六時になると、西条が起きてきた。

「あー、マジですっげ眠れた。何でお前んちって、こんな熟睡できんの？」

ぱっちりした目で西条がタクを抱いて居間に入ってきて、感激したそぶりでちゃぶ台の前に座る。

「美味そう」

西条があぐらをかくと、タクが横で毛繕いを始める。父が居間にやってきて、西条の斜め向かいに座った。西条はぺこりとお辞儀して、父にも礼を言っている。歩が三人分のご飯と味噌汁を運ぶと、西条が率先して配り始めた。

「いただきます」

誰よりも早く手を合わせ、西条はすごい勢いで角煮を食べ始めた。さすがの父も、西条の食いっぷりに目を瞠（みは）っている。

「歩、酒持ってこい。西条君と飲むから」

父に急かされ、歩は戸棚で眠っていた日本酒を熱燗（あつかん）にして運んだ。歩は下戸ではないが、あまり酒を飲まないので、父はつまらないのか時々しか晩酌をしない。西条は飲めるクチなので、喜んで父と杯を交わしている。

「あー美味ぇ。すげー眠れるし、飯は美味いし、ここは最高だな」

西条はトンカツにタルタルソースをつけて、悦に入っている。歩と暮らしていた頃は父を苦手としていたが、記憶をなくしたせいか、父と楽しそうに酒を飲んでいる。

「西条君、それより警察が来たんだけど」

　酒が入って陽気になっている西条には悪いが、未海の件に関して聞かねばならない。歩がおこげを咀嚼しながら言うと、西条がハッとしたように居住まいを正した。

「すまん、すっかり忘れてた。未海の奴が、お前がストーカーしてるとか訳分からん被害届を出したから、警察のほうには事情を話して被害届はとり下げてもらった。迷惑かけて悪い。まさかお前の住所まで知ってたなんて……」

　西条に深く頭を下げられて、歩は胸を撫で下ろした。また警察が来たらどうしようと内心心配していたのだ。西条が手を打ってくれたのなら大丈夫だろう。

「それならいいけど……。びっくりしたよ」

　歩は苦笑して味噌汁を啜った。

「ホント、あいつには困ってる。何でお前のこと、知ってるんだろうな？　もしかしたら……おふくろが何か言ったのかも」

　西条も困り果てた様子で、箸を動かしている。

「ともかく迷惑かけて悪かった」

　真摯に謝られ、歩としてはそれ以上責めることはできなかった。元々西条に非があるとは思っていない。けれどどうして西条は毎回問題のある女性と縁を持つのだろう。過去にもキリエという厄介な女性がいたが、未海という女性もなかなかヤバそうな匂いがする。

「西条君って、変な人を引き寄せるフェロモンでも出てるのかなぁ」

　里芋を咀嚼しながら、歩は首をひねった。

「違いないな、お前も含めて」

　父はがははと大笑いしている。自分も変な人に入るのかと愕然として、歩は箸を落とした。西条は父と酒を飲みながら、ご飯を三杯もお代わりしている。特に豚の角煮がお気に召したようで、「店で買うのより美味ぇ」と褒められた。

　西条と父は長い時間、飲み耽っていた。日本酒は三本空にして、缶ビールも次々と飲み干していく。一体いつ帰るのだろうと気になった頃、すっかり酔った顔つきで西条が畳に寝転がった。

「あー、もう帰りたくねぇ。今夜泊まらせろ」

　座布団を抱えながら言われ、歩は顔を引き攣らせた。すでに夜、十時を回っていて、そろそろ覚醒してくれないと電車がなくなると心配していたのだ。

「西条君、そんなことをしたらまた彼女が怒るよ」

　確か西条は以前、自分が傍にいないと彼女が不機嫌になると言っていた。すでにうちに来て半日経っているのだ。また彼女の怒りを買うのではないかと気がかりだ。

「おう、泊まっていけ。部屋ならたくさんあるしな！」

父は真っ赤な顔でけらけら笑って西条の腹を叩いている。

「お世話になりまーす」

酔っ払った西条が敬礼して、すやすやと寝息を立て始める。そういえば西条がこんなに飲むのを初めて見る。歩といた頃は、夕食に缶ビールをせいぜい二本空けるくらいだった。やはり鬱屈したものがあるのだろうか。酒に逃げても仕方ないのだが。

「ちょっと、父さん……。西条君、本気で泊まっていくの？　だったらせめて彼女に連絡してあげてよ。俺の家にいるって言っちゃ駄目だよ？」

寝かけている西条を揺さぶり起こし、歩は懸命に言い募った。

「GPS追跡アプリは……外した……」

眠そうに目を擦って、西条が呟く。西条はスマホを取りだしたものの、操作の途中で眠ってしまう。父も父で飲み過ぎたせいか、いびきをかいて寝ている。大男二人が居間に転がっていて、歩はげんなりした。

ちゃぶ台の上を片づけて、歩は仕方なく客間に布団を敷きに行った。西条は昼寝した後、部屋の隅に布団を畳んでいたので、てきぱきと布団を広げる。クロとタクはそれぞれいつも寝ている場所に移動した。クロはいつも父の布団で寝て、タクは歩の部屋の棚の上に置いたペット用のベッドで寝ている。

「西条君、布団敷いたから向こうで寝て」

居間に戻って、すやすやと寝ている西条の肩を叩いた。何度目かで西条の目が薄く開き、あくびをしながら起き上がる。そのまま素直に立ち上がってくれたのだが、どうにも足取りがおぼつかない。仕方なく西条に肩を貸し、客間まで引っ張った。

「うー……」

西条は布団に足を踏み入れると、呻り声を上げて倒れ込んだ。

「わっ」

肩を貸していた歩まで巻き込んで、西条が布団に寝転がる。西条の身体の下に押し潰されて、歩は懸命に重い身体を押しのけようとした。

「西条君、重いよぅ」

大きな身体にのし掛かられ、歩は必死に西条の背中を叩いた。すると西条の腕が歩の身体を抱きしめ、鼻先が首元に寄せられる。

「んー……」

西条は薄く目を開け、歩と視線を絡めた。目が覚めたのでどいてくれると思いきや、西条が歩の唇に深く唇を重ねてくる。

「んっ、ぅ、んーっ」

酔っ払っている西条にキスをされ、歩はびっくりして背中を叩いた。西条の唇が開いて、かぶりつくような口づけをする。懐かしいキスに目眩がして、歩はつい目を閉じた。西条の舌が口内に潜り込んで、舌先が触れ合う。音を立てて唇を吸われ、歩はその心地よさにうっとりした。

（ダメダメ！）

大好きな西条とのキスに流されそうになったが、西条には別の人がいるのだ。歩はハッとして西条の胸を押しのけた。重くてちっともどかせることはできなかったが、西条の目が開いて、唇を舐められた。

「勃った」

唇が離れ、目線が合ったまま囁かれる。

「ちょ……っ」

歩は真っ赤になって固まった。ぐり、と下腹部を押しつけられ、耳まで赤くなる。西条の下腹部が反応していて、かーっと全身に火が灯る。

「駄目だよ、西条君……っ、不倫になっちゃう」

潤んだ目で訴えると、西条が耳朶の裏に鼻を寄せる。

「籍は入れてねーから、不倫じゃなくて浮気だろ」

酔っているとは思えない冷静な指摘が戻ってきて、歩は呆れた。腹が立って西条の足を蹴り上げると、西条が「痛ぇ」と身をよじる。

「お前の匂い、やっぱ好きかも……。あれだけ飲んでも勃つなんて」

酒の匂いがする吐息をかけながら西条に言われ、歩は涙目で睨みつけた。歩だってこのまま西条に抱かれたい。西条に身重の彼女がいなければ、素直に応じていただろう。けれど身重の彼女を放っておいてこんな真似(まね)をしてはいけないことくらい、歩にも分かっている。いくら西条が眠れなくて生活に支障をきたしているといっても、彼の帰るべき場所は未海の傍だ。

「西条君、こんなの駄目」

悲しい気持ちで強く言うと、西条が無言で歩の頬を両手で挟み込む。

その時、突然チャイムの音が鳴った。

「……」

歩と西条はしばらく静止した。チャイムの音が続けて鳴り響く。

玄関に近い居間にいる父が出てくれたらと願ったが、酔っ払って寝ているのか一向に出てくれない。歩はため息をこぼして、西条を押しのけた。西条も今度は身体をどけてくれる。こんな夜更けに誰だろうと玄関に急いだ。

さらにチャイムが鳴って、歩は引き戸の前で足を止めた。チャイムが狂気的に鳴らされているからだ。絶え間なく鳴らされ、これはふつうの客ではないと嫌でも気がつく。父の部屋からクロがやってきて、夜中の来訪者にワンワン吠え始める。

「どなたですか？　こんな夜遅くに」

引き戸越しに声をかけると、ようやくチャイムの音が止まった。歩の問いに返事はなく、しんとしている。インターホンでもあればいいのだが、我が家にそんなものはない。どうしようか悩んだが、歩はサンダルに足を通し、引き戸を薄く開けた。

「希一はどこ⁉」

目の前に立っていたのは、鬼の形相の未海だった。大きな腹を抱え、顔が隠れるくらいつばが大きい帽子を被っている。

「え、あの、えーと……」

そんな予感はしていたので、歩はどうやって宥めようかと一瞬考えた。その隙間を突いて、未海が引き戸を無理矢理こじ開けてきた。妊婦とは思えないすごい力で引き戸が全開になり、未海が乗り込んでくる。

キラリと光るものが視界に入り、歩はぎょっとした。クロも不審な匂いを感じ、攻撃態勢でギャンギャン吠え立てる。

「あんたがまた誘惑したって分かってるんだからね！　許さない、許さない！　死ね！」

未海は般若（はんにゃ）の有様で後ろ手になにか持っている手を振り上げた。その右手に包丁が握られているのを見て、歩は「ぎゃーっ‼」と悲鳴を上げた。

（結局こういう展開になるの⁉　何で俺はいつも女の人に包丁振り回されるんだよ！）

過去に何度か似たような境遇にさらされた経験があり、歩は絶望した。

刃が振り下ろされ、歩は急いで家の中に逃げ込んだ。いきなり包丁で襲われるとは思っていなかった。予想が甘かった。

「未海⁉」

玄関での騒ぎが聞こえたのか、西条が驚きの声を上げて駆けつけてくる。西条が来て助かったと思ったが、逆に未海は怒りが頂点に達したらしく、奇声を上げて引き戸に包丁を突き立てたり、足で蹴り上げたりする。タクもやってきて、毛を逆立ててシャーシャー怒ってる。

「未海さん、落ち着いて！　父さん、警察呼んで！」

大声で助けを求めたが、父は酔っ払ったままなのか起きてくる様子はない。ここは自分でどうにかしなければとなおも包丁を振り回す未海に土間に置いてあった傘で応戦した。

「馬鹿、何やってんだ！」

西条が裸足のまま土間に飛び降り、未海の包丁を握る腕を叩きつける。包丁が土間に転がり、その反動で未海が土間に倒れ込んだ。歩は未海の手から包丁が離れたので、ホッとしてその場に膝をついた。

「うう、う……、痛い……痛い……」

倒れ込んだ未海が苦痛に呻く。同時に彼女の下腹部から水が漏れて、歩は目が点になった。お漏らしでもしたのかと思ったが、事態は深刻だった。

「一体、何の騒ぎ……、おい破水してるぞ！」

寝ぼけ眼で遅れてやってきた父が、大声を上げる。破水と聞いて、歩も西条も固まった。そういえば未海は臨月が近いのだ。

「救急車呼ぶね！」

歩は急いで電話に走り、西条は未海を抱きかかえて玄関に寝かせる。未海はお腹が痛いらしく、涙混じりに「痛い、痛い」と叫んでいる。

「馬鹿野郎、何でこんなとこまで来たんだ……」

西条はすっかり酔いが覚めたのか、この事態に苛立ちを露わにした。

「私を捨てる気でしょ……っ、絶対許さない、あんたは幸せにさせないから……っ」

未海は苦痛に喘ぎながら、毒を吐いている。考えてみれば未海はうちの住所を知っているのだ。西条がここに来ていると当たりをつけて襲撃に来たのだろう。西条に対するゾッとするような執着を感じ、歩は気がふさいだ。もうすぐ子どもも生まれるというのに、この二人の間に愛があるとは思えない。

「救急車が来たみたいだな」

遠くからサイレンの音がして、父が包丁を新聞紙で包んで言う。ほどなくして救急車がやってきて、救急隊員が横たわっている未海の状態を確認する。破水しているので一刻の猶予もないとばかりに、未海を担架で運んでいった。

「俺も行く」

西条は救急隊員に同行を申し出て、救急車に乗り込んでいった。西条と目が合って、申し訳なさそうに頭を下げられる。一抹の寂しさを歩は抱えた。未海の同棲相手であり、お腹の子の父親である西条が付き添うのは当然のことだ。

（俺は部外者だものね……）

去って行く二人を見送り、歩はどっと疲れを感じて廊下に尻餅をついた。汚れた土間も片づけなければ。

はた迷惑な女性だったが、お腹の子どもが無事生まれるといい。そう願って、歩は引き戸を閉めた。

未海の事件が起こって、近所の噂好きの主婦から夜中にどうしたのだと勘ぐられる日々が続いた。幸いにも漆喰塀が高いので、外からは何があったか分からなかったようだ。夜中に包丁を振り回す妊婦が救急車で運ばれていったと知れば、たちまち尾ひれがついて町中に伝わるだろう。被害届を出すべきか悩んだが、物的証拠はそのまま置いといて、向こうの出方を待つことにした。未海がまだ歩をストーカーと言い出すなら、こちらも被害届を出すしかない。

西条から連絡がなかったので、未海がどうなったか分からずじまいだった。やきもきした頃、メールで西条から『子どもが生まれた。男の子』という一文が届いた。

(男の子なんだ……)

胸に痛みを覚えつつ、歩はおめでとうという言葉をメールで送り返した。

西条の子どもが生まれたなら、今度こそ本当に西条とはお別れだ。

いくら西条でも、自分の子どもができたなら、ほだされるだろう。未海が歩の家に押しかけるほど西条が好きなら、西条さえ心を開けば上手くいくはずだ。

(俺には子どもは産めないもんなぁ)

改めてそれに気づき、うるっとした。西条が好きで好きで、誰にも負けない自信はあるが、自分はどうあがいても男だし、子どもは産めない。

（幸せになってほしい）

今はまだ心からおめでとうという気持ちになれないが、時間が経てばこの苦しみも消えるはずだ。

歩の傷ついた心を知ってか、クロとタクが常に寄り添うようになった。まだ繋がっていると思っていた西条との縁は、これで本当に切れたかもしれない。しばらくは赤ちゃんを見ると胸がズキズキ痛むので、歩はなるべく子ども用品の売り場には近づかないようにした。

■5　真実は闇から現れる

未海の事件から一カ月が過ぎ、歩の心も落ち着きを取り戻した。

あれ以来、未海が家に来ることはなく、穏やかな日々が続いた。仕事面では浄霊の依頼が多く、歩は父のやり方を教わりながら淡々とこなしていった。

以前は情にほだされることが多かった歩だが、最近は事務的な態度で依頼者やとり憑いた霊と対峙することができるようになっていた。情は目を曇らせるというのが、最近の自分はよく分かるようになった。感情移入しすぎるのが自分の欠点だ。父を見ていると、誰かを助けるかどうかは自分で決めるのではなく、神仏の導きがあるかどうかで判断している。助ける必要がないものへは、ばっさりと引導を渡している。不思議なことにそれで逆恨みする依頼者はいない。おそらく父を守っているものの力が強いので、敵わないと逃げていくのだろう。

「お前も俺の仕事を継ぐなら、それなりに強いのをつけてもらうから」

一度父に守護している存在について聞くと、したり顔でそう話された。今の自分は修行の際にいくつかの仏様と縁を繫いでいる。けれど拝み屋の仕事をするなら、それでは足りないそうだ。

「まだはっきり継ぐとは言えないんだけど」

歩は自分の気持ちを素直に言った。父の仕事を手伝う分には問題ないが、一人になった時に続けていけるかどうかは自信がなかった。ここには寺や神社で解決できないような依頼も多い。仕事をこなしていくうちに自信はつくかもしれないが、今はできると断言できない。できない仕事に当たった時にどうすればいいのか。

「そのうち分かるさ」

父は答えを急かすわけではなく、のんきなものだ。歩が家にいれば家事全般を請け負ってくれるので楽らしい。

五月に入り、爽やかな風と青空が広がった。初夏の心地よい風に嬲られて、歩はその日、クロと遠くの公園まで散歩に出ていた。知り合いの柴犬と戯れ、家に戻ったのは午後三時だった。

玄関の前に、シルバーの車とスーツ姿の男が立っている。

「西条君⁉」

紺色のスーツを着こなしているのは、西条だった。買ったばかりの革靴にバッグを抱え、髪も散髪したばかりというこざっぱりした様子だ。

「よかった。誰もいないから、どんだけ待つのかと思った」

西条は歩を見て、安堵したように言った。

「あの……えーと、その出産祝いとかそういうのは買ってなくて」

西条の顔を見て子どものことを思い返し、歩はもじもじした。まだ西条の顔を見るのがつらくて、足下のクロにばかり視線を向けてしまう。クロは久しぶりに来た西条に甘えて、尻尾を振ってじゃれている。

「そんなもん、いらねーし。つか、これからちょっとつき合って欲しいんだけど、いいか？いや、嫌だと言っても絶対来て欲しいんだけど」

クロの身体を撫でながら西条に言われ、歩は戸惑いつつ玄関の引き戸を開けた。クロの首輪を外し、脚を拭いて家の中に上げ、西条に向き直る。

「あのー、西条君。これ以上俺と一緒にいるのはよくないと思うんだけど」

西条に改めて互いの立場を説明するべきかと悩みつつ、歩は言葉を絞り出した。

「別に記憶が戻ったわけじゃないんだよね？」

念のために確認すると、西条は首を横に振る。

「戻ってない……が、お前、言ったよな。俺とつき合ってたって」

真剣な様子で迫られ、歩はたじろいだ。

「う、うん、言ったけど……？」

「俺、その時に別れるって言ったのか？」

じっと見下ろされ、歩は記憶を巡らせた。

「言ってない……よ？」

修行から戻ってきたらまた一緒に暮らすつもりだったので、別れの言葉は口にしていないはずだ。歩は困惑して西条の整った顔を見上げた。

「じゃ、俺たちまだ別れてないってことだよな？」

西条の言い分に歩は絶句した。

「い、いやでも、西条君には子どもも生まれたんだし、その、俺がこの前言ったでしょ。さようならって。あれは別れの言葉じゃないの？」

西条が何を言い出しているのか理解できなくて、歩はへどもどした。軽く笑って、西条は前髪を掻き上げる。

「俺はそれに答えてないから、無効だな」

堂々とした態度で言い切られ、歩はぽかんとした。

「え、何を言って……？」

確かに両方納得していないという意味では無効かもしれないが、西条には家族ができたのだ。

何を言っているのだろうかと歩は戸惑いを隠しきれなかった。

「つーわけで、ちょっとつき合え。車で来てるから、早く乗れ」

西条に強引に約束を取り付けられ、歩は腑に落ちないまま奥から財布とスマホが入ったバッグを持ってくる。

「別に今日は予定ないけど……どこへ行くの？」

どうやらつき合わないと許してくれなさそうなので、歩は観念して待っていた車の助手席のドアを開けた。よく見るとレンタカーではなく、新車のようだった。西条はスーツ姿だし、どこかへ出かけたのだろうか？

「俺んち」

西条はシートベルトを締めてエンジンをかける。

「……は？」

冗談かと思い、歩はハンドルを握る西条の横顔を見つめた。歩がシートベルトを締めるのを待たずに車が走り出し、何も明かされていない状態でドライブが始まった。

歩の家から西条の家まではそう遠くない距離にある。もともと同じ中学校だったので区内は一緒なのだ。久しぶりに来る西条の家は、相変わらず黒いもやで覆われている。西条は家の車庫に車を入れ、歩と一緒に玄関に立った。

「お帰り、希一（きいち）」

西条の帰宅に気づいたのか、玄関のドアが開き、西条の母親が顔を出す。その顔が、歩を見つけてみるみるうちに曇った。

「何で……」

「おふくろ、ちゃんと話そう。未海もいるんだろ？」

西条の母親の顔が引き攣（つ）るのを気にもせず、西条がドアを大きく開けて歩を中に入れた。明らかに歓迎されていない雰囲気なので悩んだが、どうやらここで帰るわけにはいかないようだと気づき、歩も観念して中に入った。

「お帰りなさい、希一」

廊下の奥から赤ちゃんを抱えて未海が現れる。未海も歩を見つけて、サッと青ざめた。母親の優しい面立ちから般若（はんにゃ）の表情に一変し、歩は居たたまれなくなった。

「未海、話がある。おふくろも一緒にこっち来い」

西条は顎をしゃくり、リビングへ全員を連れ込んだ。西条の家に数年ぶりに上がったが、以前は砂壁が剝げ、歩くたびに廊下がきしむ家だったが、内装をリフォームしたのか綺麗になっていた。

リビングは大きなソファが向かい合わせで置かれた部屋で、しゃれた洋風のテーブルと、棚に西条の母親の趣味らしい飾り皿や陶器でできた人形が並んでいる。

西条は歩と並んで座り、その向かいに西条の母親と未海が座った。未海の腕に抱かれた赤ん坊はどこか薄幸そうな顔立ちの男の子だった。

「何なのよ、何でこいつがここにいるの！　あんたもよくのこのこ来るわね、神経を疑うわ」

未海は大人しく座ったものの、歩に対する憤りを隠さずに嫌味を放つ。いきなり攻撃されて、歩は冷や汗を搔いた。

「未海、黙れ」

歩が何か言う前に、ひやりとする物騒な気配を漂わせ、西条が一言述べた。西条をよく知っている歩ですらびくっとしたくらいなので、未海は完全に青ざめている。腕の中の赤ん坊までぐずり始めて、一気に空気が重くなった。

「単刀直入に言うけど、そのガキ、俺の子じゃねぇよな？」

西条は間を置かずに、爆弾発言をかました。歩はあんぐり口を開け、西条の母親は目を見開き、未海は眉間にしわを寄せる。

「な、何を言っているの、希一。せっかく生まれた我が家の子孫なのよ。そんなひどいことを言うなんて未海さんに失礼でしょう」

　西条の母親が未海と赤ん坊をかばうように言う。

「そうよ、ひどいわ希一……っ。この子の父親はあなたよ」

　未海はこれ見よがしに泣き出して、西条の母親にすがりついている。歩は展開についていけなくて、三人を交互に見るしかなかった。

「いや、顔よく見ろよ。俺の要素、いっこもねーし。前からすげー謎だったんだよ。何で俺がお前と夫婦って言われてんのか。周りがそう言うし、下の軽い俺ならあるかもと思ったけど、お前みたいな女とヤるのにゴム使わないとかありえない。それでもできたなら、俺の精子強すぎだろって」

　どこかで聞いた覚えのある台詞(せりふ)に、歩は西条を覗(のぞ)き込んだ。まさか——未海の腕に抱かれているのは西条の子どもではない？　西条には以前もとある子どもの父親ではないかという疑惑があった。あの時は無関係だったが、今度も濡(ぬ)れ衣(ぎぬ)だったというのか。

「ひどい……っ、この子の父親はあなたよ！」

　未海は涙ながらに赤ん坊を抱きしめて叫ぶ。歩がハラハラして見守っていると、西条がバッグから茶封筒を取りだした。

「あのな、病院で赤ん坊の顔を見て、俺は確信した。俺の子じゃねーって。そんで、調査してもらった。十カ月くらい前にお前がつき合ってたやつがいないかって」

西条は探偵事務所の名前が入った封筒を見せて、中から書類を取り出す。西条はいくつかの写真と書類をテーブルに置いた。写真には四十代くらいの男性が写し出されていて、歩は思わず赤ん坊と見比べた。赤ん坊の顔とそっくりの薄幸そうな男性が映っている。

「赤ん坊の父親、こいつだろ」

西条に淡々と突きつけられ、未海の顔色が変化した。それまで哀れっぽく泣いていたのに、急にふてぶてしい態度で睨み返してきたのだ。

歩にも分かった。赤ん坊の父親は西条ではないと。この事実にさすがに西条の母親もこちらの味方になるのではないかと期待した。だが、事はそう簡単にいかなかった。

「事故で死んだらしいな?」

西条は未海から目を離さずに、驚愕の事実を告げる。お腹の子の父親はすでに亡くなっているのか。

「……たとえお腹の子どもの父親が別の人でも、今は希一と一緒にいるのだからいいじゃない。あなたが未海さんを助けていけばいいのよ」

西条の母親は、未海の肩を抱き、優しげに言う。その態度から、西条の母親はこの事実を知っているというのが分かった。西条にもそれが察せられたのか、じろりと母親を見据える。

「おふくろ、言ったよな。俺とこいつがつき合ってたって。俺はそれを信じてこいつと一緒に暮らし始めた。違和感ありまくりだったけど、孕んでたし、そういうものかって思ってた。でも全然ちげーじゃねーか。おふくろのことだから、一緒に暮らせば俺がこいつとそういう関係になるって思ってたんだろ？　残念だけど、俺はこいつに愛情が一ミリもわかねぇ。ずっと疑ってたけど、子どもが生まれてよりいっそう疑惑が形になった。この書類見れば分かるけど、DNA鑑定が必要ならする」

西条はテーブルを激しく叩いて、二人を威圧する。

「二人して俺を騙した落とし前、どうやってつけてくれんだ⁉」

まるでヤクザみたいに凄まれ、西条の母親が身を震わせた。未海もびくっとして、唇を嚙む。西条が本気で憤っているのが痛いほど肌で感じられ、歩はおろおろした。口を挟むことすらできなくて、見守るしかない。

「……仕方ないじゃない」

重い沈黙の後、西条の母親がうつむいて、言葉を絞り出す。

「仕方ないでしょ！　こうでもしなきゃ、あんた結婚してくれないんだから！　別にいいじゃない、父親の違う子でも！　彼女と結婚して、二人目の子どもを作れば！」

ヒステリックに西条の母親が叫びだし、自分勝手な意見を述べた。

「それはやっぱり、俺とこいつ——歩とつき合ってたってことなんだろ？　何で本当のこと言ってくれなかったんだよ！　何度も聞いたよな、本当はこいつが俺の恋人だったんじゃないかって！」

歩の肩を抱き寄せ、西条が怒鳴り返す。西条の母親は歩の存在を隠したままにしておいたようだ。昔から別れて欲しいと言われていたので、今さら驚きはしない。

「だってこの子は男でしょ！　男じゃ駄目なのよ、世間にどう言い訳すればいいの！　女であるなら誰だって構わなかったから、彼女と結託したのに！」

西条の母親も負けじと怒鳴っている。親子の喧嘩で場の空気は悪化し、淀んだ空気はさらに陰湿になっていく。

「おふくろの体面なんて、どうでもいいんだよ！　うぜぇ、もういい、親子の縁を切るから、金輪際俺の前に顔を出すな！」

頭に血が上ったのか、西条がとうとうぶち切れて立ち上がる。わっと西条の母親が泣き伏す。歩は何か言うべきかと視線をさまよわせた。

「お前も！　未海、お前は俺とぜんぜん関係ねー赤の他人だったんだから、さっさと出ていけよ！」

西条は未海に向かって、絶縁状を叩きつける。未海は憎悪に燃えた眼差しで西条を見据えた。

「嫌です」

この場にそぐわない落ち着いた声で未海が言った。歩も西条も虚を衝かれて、未海に視線を注ぐ。

「私、ここから出ていきません。この子の父親はあなたですから」

未海は頑なな態度で、きっぱりと言い切った。その姿には常軌を逸しているものがあり、歩は恐怖を覚えた。これだけ事実を突きつけられても、未海は出ていくつもりはないのか。

「お前ら二人とも気持ち悪い」

西条は歩の手を摑んでそう言うと、玄関に向かって歩き出した。歩は気になってリビングを出る際に二人の様子を窺った。泣き伏している西条の母親と、虚空を見据える未海の姿は強烈な印象として歩の脳裏に焼きついた。

西条は荒々しい足取りで玄関を出ると、車庫に入れた車に乗り込んだ。歩が助手席に乗り込んだのを確認して、車を出す。

西条の横顔は理不尽なものに対する憤りにあふれていた。記憶のない西条に、信じていたはずの母親が偽の嫁を作り出して囲い込もうとしたのだ。怒りや悲しみを抱えて当然だろう。これまで我慢していたものが一気に噴き出したのか、西条は乱暴な運転で高速に乗る。

どこへ行くつもりなのか、とは聞けなかった。

すべての言葉を拒絶する横顔に、歩は黙って隣にいることしかできずにいた。


一時間ほど車を走らせて、西条が辿(たど)り着いたのは海だった。途中に出てきた看板から、ここがサザンビーチちがさきだと分かる。西条は駐車場に車を停(と)めて、大きく息を吐き出した。

「悪い、こんなとこまで引っ張り回しちまった」

やっと西条が口を開いたので、歩もホッとした。運転しながら乱れる思いを整理していたのだろう。歩は笑って首を横に振った。

「ううん。別にいいよ。せっかくだし、海見る?」

歩が言うと、西条が釣られたように笑い、車から降り立った。スーツ姿の西条と犬の散歩に出ていたラフな格好の歩が並んで歩くと、違和感丸出しだったが、海風にさらされるとそんなことはどうでもよくなった。

「やっぱお前、連れてってよかった。あの修羅場を説明できる自信がない」

西条は砂浜に足を踏み入れて、ポケットを探る。西条の母親の身勝手な行動と、未海の理解不能な行動を思いだし、歩は苦笑した。

「びっくりしたよ。西条君の子じゃなくてよかったと俺は思っちゃったけど」

歩は自分の気持ちを素直に伝えた。西条が家庭を持つなら身を引かなければならないと思っていたが、未海のお腹の子の父親は別人だったのだ。ずっと西条を騙していた未海には呆れるが、事実を突きつけられてもなお認めない姿勢に慄いた。

「あー……。一緒に暮らしてても、ずっと疑ってたんだよなぁ。でも生まれるまでは我慢しようと思って。案の定、生まれた子の顔が俺とはぜんぜん似てねぇし。むしろやっぱりって感じですっきりしたりして」

西条は煙草を取りだして、口に咥える。ライターを取りだして潮風を遮るように手で覆い、火をつけた。

初夏でまだ肌寒さはあるが、サーフィンをしている人たちがいた。砂浜にはボードを抱えて話し込む若者や制服姿のカップルが歩いている。午後四時でも辺りは明るい。

「でも西条君、子どもが生まれて感動とかなかったの？　出産に立ち会ったんでしょ？」

砂に脚を取られつつ、歩は窺うように尋ねた。もし歩が西条の立場だったら、新しい命の誕生に感動して、彼女を支えなければと決意しているところだ。

「特にねぇな」

西条はどこまでも淡泊なのか、歩と違って何の感動もなかったらしい。

「助産師？　とかにおめでとうございますとか言われて、温度差に風邪引きそうになった」

煙を吐き出して西条が呟く。西条は歩と一緒に暮らしてだいぶ変わったと思っていたが、こうしてみるとやはり根本的なところは冷めている。未海と生きようと熱い思いを抱かないでくれたのは嬉しいが、少しは感動すべき場面だったのではないかと心配になる。

「あ、お前、俺のこと冷たいやつだと思ってるだろ」

歩の複雑そうな表情に気づいたのか、西条が煙草の煙を歩の顔に向かって吹きかけた。手で煙をかき分け、歩は少し離れた。

「西条君らしいなとは思うよ。でも西条君がさっきあんなに怒ったのは、お母さんの嘘が嫌だったせいでしょ？　縁切るとか言ってたけど、カッとしてだよね？」

母子の言い争いを思い返して、歩は微笑んだ。

「何だかんだ、西条君はお母さんを大切にしてるじゃない。片親だからでしょ。俺も母親亡くしてるし、それは分かるんだ」

西条は昔から口は悪いが、母親を気にかけていた。一人息子だし、何かあったら面倒を見なければならないというのはあったのだろう。だからこそ、母親が自分を騙していたのが許せなかったのだ。

「信頼裏切ったのは、アウトだろ。そもそも俺、記憶ないのに、あんな嘘つくか？　信じらんね。母親として一番やっちゃ駄目だろ。マジうぜぇ。うぜぇ通り越してぶち殺したくなった」

西条は怒りがぶり返したのか、顰め(しか)っ面になっている。

「そんなこと言っちゃ駄目だよ。でもまぁ……アウトだよね……」

偽の嫁を作った件に関しては西条の母親を庇い(かば)きれない。いくら自分の存在が邪魔だろうと、母親として愚かな行為だ。

「西条君、これからどうするの？」

歩は西条と砂浜を歩きながら、一番聞きたかったことを質問した。

「とりあえずしばらくホテルかマン喫にでも泊まって、新しい家探す。未海のやつが何やらかすか分からないから、弁護士にでも相談するよ。マジであいつ頭がおかしいから、勝手に婚姻届とか出しそう。先に不受理の申請、しとかなきゃな」

西条の頭の中ではあらゆる可能性が考えられているらしく、歩は安心した。弁護士という法に強い人に助けを求めるなら、きっと大丈夫だろう。

「言いたくないけど、西条君。以前も変な女といざこざになったことあるから気をつけてね。西条君はたちの悪い女性を引きつけがちだよ」

つい過去の記憶が蘇り(よみがえ)、歩は真剣に言い募った。

「マジか。まぁ、俺だしな……。ありそうだ」

西条の顔が引き攣り、吸っていた煙草を砂に落として靴で火を消す。吸い殻入れに煙草をしまうのを確認して、歩は少しずつ暮れていく空を見つめた。寄せては返す波を見ていると、心が浄化されるという。西条のぎすぎすした心も癒やされるといいのだが。

「今日、ついでに前勤めてた塾に顔を出しに行ったんだ。未海のせいで自宅でできる仕事にしたけど、やっぱ外に出るほうが性分に合うし。講師募集してたから、またそこで勤め始めるかもしんね」

西条は少しすっきりした面持ちで、歩の手を取った。そのまま元来た道を歩き出したので、歩は躊躇(ちゅうちょ)しつつ、ついていった。西条の大きな手に握られて、ドキドキする。人がまったくいないわけでもないのに、男同士で手を繋いで大丈夫だろうかと心配になった。

西条は塾講師をしていた頃の記憶はあるらしい。歩と会う前にすでに働いていたからだろう。

「そうなんだ。西条君、人気の講師だったから生徒は喜ぶよ」

歩が照れながら言うと、西条が振り返った。

「お前、塾に俺を捜しに行ったんだろ？　久留間(くるま)さんが言ってた。俺は覚えてないけど、お前もバイトしてたんだって？」

「あ、うん。西条君の紹介で」

「マジか……」

西条がバイト先を紹介したというのは信じがたい出来事だったようで、そのまま黙りこくって車まで歩いて行った。ずっと手を握ったままなので、何となく緊張する。駐車場のところでやっと手を離してくれたが、西条の気持ちが読めない。西条は駐車場の自販機で歩のためにお茶のペットボトルを買ってくれた。自分は缶コーヒーを買って、停めていた車のドアを開ける。

「あのさ」

車に乗り込んで缶コーヒーをホルダーに差し込むと、西条が助手席の歩に向き直った。

「うん」

歩はお茶のペットボトルの蓋を開け、一口飲んで横を向いた。西条と間近で見つめ合う状態になり、歩はぽっと頬を赤くした。

「この後、ラブホ行っていいか？」

唐突にそんな問いをされ、歩は飲んでいたお茶を噴き出しそうになった。

「な、なーっ‼」

突然の申し出に真っ赤になって後ろに身を引くと、西条が軽く頭を掻く。

「未(いま)だにお前とつき合ってたの、信じられねーんだが、確かにお前の匂いって俺がそそられる匂いなんだよな。この前も、あんな酔ってたのに、勃ったしさ。だから確かめさせて。一度ヤれば、ホントかどうか分かると思うし」

あっけらかんと西条に言われ、歩は赤くなった頬をゴシゴシ擦った。修羅場のせいで忘れていると思ったが、西条にはあの酔った夜の記憶があるようだ。

「う、でも……。そんなお試しみたいな……」

記憶が戻った西条とならいくらでもしたいが、今の状態の西条と行為をするのに躊躇がある。今の西条は男同士のセックスについてリセットされた状態なのだ。そんな西条と抱き合って、上手くいくのだろうか。

「でも俺ら、まだ別れてねーんだろ？　じゃ、いいじゃん」

西条の論法に丸め込まれそうになって、歩はもじもじとペットボトルを弄った。

「うう……、でも西条君、たとえ子どもの父親じゃなくても、彼女と……してたんでしょ。俺、そういうの受け入れるのに時間が……」

歩がうつむいてもごもご言うと、西条がため息をこぼした。西条は以前、未海が毎晩寝かせてくれないと言っていた。二人の身体の関係を匂わせる発言に、内心傷ついていたのだ。器の小さい男だと馬鹿にされるのかと案じたが、西条の反応はまったく違った。

「ヤってない」

真面目な顔で西条に言われ、歩はびっくりして目が丸くなった。

「未海とは一度もヤってない。いや、内縁の夫婦だと思ってたからヤろうとしたけど、あいつの匂いがどうしても受け入れがたくて勃たなかった。だからお前の匂いで勃って、俺もびっくりしたっていうか」

未海とは一度もセックスをしていなかったのか。

歩はじわじわと胸に熱いものが込み上げ、西条に腕を伸ばした。ずっと西条に新しい彼女ができたと思い、去らなければと思っていた。そのぐちゃぐちゃした思いはすべて洗い流された。西条は記憶がなくても自分に対して誠実で、裏切っていなかった。嬉しくて安心して、どばっと涙がこぼれた。

「西条君、ホント……？　じゃあ前に、未海さんが毎晩寝かせてくれないって言ってたのは……？」

念のためにと聞くと、西条が顔を引き攣らせた。

「毎晩、あいつがキーキーわめいて喧嘩してたからだ。あいつ、平気で硬くて重いもん、投げてくるんだぜ。打ち身だらけで、マジで痛いしうるせーしで寝れなかった」

なんとそんな理由だったとは。歩は勘違いした自分に猛烈に腹が立った。

「俺、嬉しい」

西条に抱きついて、歩は声を震わせた。いきなり抱きつかれて西条は驚いたのか、少し固まったままだったが、そろそろと手を伸ばし背中を撫でてくれた。

「西条君……っ」

涙に濡れた顔で見つめると、西条がぷっと噴き出した。

「やっぱ何でお前とつき合ってたか分かんねーな。ひでぇ顔」

歩の泣いている顔を見て、西条はひとしきり笑っている。その態度にムッとしたが、確かに顔はぐしゃぐしゃだ。ハンカチで顔を整えていると、西条の手が伸びてうなじを引き寄せられた。

唇に西条のキスが降ってくる。歩が息を止めると、角度を変えて唇を吸われる。

「……はぁ、何かすげー興奮する」

歩の唇を食んで、西条が囁く。西条のキスは最初から情欲を引き出すいやらしいもので、歩は必死にしがみついて応えた。音を立てて唇を吸われ、舌を撫でられ、口内を探られる。互いの唾液が絡まり、二年前に何度も抱き合った記憶が蘇った。

「……あー、キスで勃った」

西条が唇を離して言ったので、歩は目を潤ませて下腹部を手で隠した。てっきり自分のことを指していると思ったのだが、歩ではなく西条自身のことだったらしい。

「一番近いとこでいい？」

西条の身体が離れ、返事を待たずに車が発進する。歩はペットボトルのお茶を握りしめ、黙って頷いた。

海の近くにあるラブホテルの駐車場に車を入れると、西条は適当に部屋を選び、鍵を手にした。

エレベーターの中でも手を繋がれたので、歩は火照った頬を冷ませずにいた。西条とつき合っていた時もあまりラブホテルは使わなかったから、不慣れできょろきょろしてしまう。男同士で入るところを見られたら西条に迷惑がかかるのではないかと不安だ。

取った部屋は南国風のしゃれた内装だった。バリ島をイメージしてか、ベッドや椅子、テーブルがラタン家具で統一され、壁には木彫りの花が飾られていた。

「先にシャワー使って」

スーツのジャケットをハンガーにかけながら西条に言われ、歩は急いで浴室に走った。まさか犬の散歩をした後にラブホテルに連れ込まれるとは思っていなかったので、いろいろ心の準備ができていない。下着も安いものだし、髪もぼさぼさだ。とりあえずシャワーを浴びようと、手早く脱いで浴室へ入った。

（これ全部、見えちゃってるんだけど）

浴室はベッドルームからも覗けるガラス張りのもので、歩は西条を気にしつつシャワーの湯で身体を濡らした。西条はベッドに腰をかけ、スマホを見ている。

（二年ぶりだから、ドキドキするなぁ）

ずっと禁欲的な生活をしていたので、いきなり西条とセックスをすることになってそわそわしてしまう。記憶のない西条が途中で萎えたらどうしようという一抹の不安も残る。落ち着かない気分で身体を洗い始めた。

ガラス越しにベッドのほうを見ると、先ほどまでいた西条が消えている。どこへ行ったのかと視線を巡らせていた歩は、突然、浴室の扉が開いて飛び上がった。

「俺も一緒に入る」

西条はいつの間にか衣服を脱いで、裸で入ってくる。

「えっ！　ちょ、大丈夫？　俺、男だよ。萎えない？」

記憶のない西条が自分の裸を見てやる気を失うのではないかと心配で、歩は局部を隠した。

西条はシャワーの湯が出たままのノズルを歩から奪い、身体にかけながらこちらを見やる。

「お前、あんまり雄っぽくねぇから平気。ケツはほどよく肉がついてわりと好みだ」

西条は身体を濡らす傍ら、歩の尻をぐっと摑む。

「ひゃっ」

歩が前屈みになると、西条が笑ってソープを手に取る。

「スマホで男同士のセックスのやり方、見ておいた。俺たちっていつもケツ使ってた？　確認しておくけど、お前が入れられるほうだよな？　まさか俺じゃないよな？」

手早く身体を泡立てながら、西条が聞く。

「うん……」

改めて問われると恥ずかしいものがあり、歩は頰を染めて頷いた。安心したように西条は手に取ったソープを歩の背中に撫でつける。大きな手で背中を泡立てられ、歩は尻込みしつつ局部から手を離した。西条はシャワーノズルをフックにかけて、歩の身体をソープで撫でていく。その手が歩の尻にかかり、抱きしめられるような形で臀部を洗われた。

「さ、西条君……」

両手で円を描くように尻を揉まれ、歩は期待と高揚感で西条を見つめた。西条のぬるついた指は、尻のはざまを滑っていく。

「入れるよ」

西条は指先で尻のすぼみを擦り、言葉と共に指を入れてきた。中指がぬめりと共に入ってきて、歩はつい西条にしがみついてしまった。二年ぶりに奥を探られ、ぞくぞくとした寒気に似た感覚が背中を這い上がってくる。

「狭えな、ホントに入るのか……？」

西条は入れた指を動かし、歩の肩口にキスをする。歩は西条の背中に手を回し、飛沫に当たりながら身体を震わせた。指で内壁を辿られ、息を詰める。西条は探るように指を動かし、歩の耳朶をしゃぶってきた。ふと何度も擦られているうちに、身体がびくっと震える場所に当たった。

「ん、ん……」

歩が吐息をこぼして身をよじると、西条の唇から小さな笑いが漏れた。

「あ、分かった。ここだろ、いいとこ」

西条が奥に入れた指を強めにぐりぐりと擦ってくる。覚えのある甘い感覚に襲われ、歩は「あっあっ」と喘いだ。数度そこを弄られただけで、下腹部が勃ち上がり、息が荒くなる。

「すげぇ、すぐ反応するじゃん。お前、意外とエロい声出すな」

歩の首筋にキスをしながら、西条が指を出し入れする。歩は前立腺を擦られるたびに甘い声を上げ、びくびくと身体を揺らした。西条は尻の穴を広げるように、指を増やし、ソープを足して、内部を掻き乱す。二年ぶりというのもあり、歩の身体に火がつくのはあっという間だった。西条の指の動きに応えるように、内部が柔らかくなっていく。

「あ……っ、あ、あ……っ、西条君……っ」

首筋に痕を残すようにきつく吸われ、歩はぼうっとしてきて、西条の下腹部に手を伸ばした。西条の下腹部はとっくに勃起していて、歩は嬉しくて手を絡めた。

「う、俺もガチガチじゃねーか……」

熱心に歩の尻をほぐしていた西条は、歩に手で包まれて初めて自分が勃起しているのに気づいたらしく、焦った声を出している。目が合って、西条が歩の唇を奪う。舌を絡めるようないやらしいキスをしながら、歩は西条の性器を手で扱いた。西条も内部に入れた指で内壁を広げる動きをして、歩の唇を吸う。

「ん、ん……っ、はぁ、あぁ……っ」

中に入れた指を広げられて、歩は腰をひくつかせた。手の中の西条の性器が大きくて硬くて、興奮する。張り詰めた性器が愛おしくて、中に欲しいと思った。二年の修行の間はそんなこと一度も思わなかったのに、こうして抱き合っているだけで二年前に一瞬にして戻った。

「すげぇな……、指、三本も入った。マジで入るんだ」

西条が興奮した息を吐き出し、空いた手で歩の乳首を摘まんだ。濡れた手でクリクリとされ、歩は真っ赤になって身を折った。逃げるような動きをした歩の乳首を、西条がしつこく指で弾く。

「は……っ、ひ、あぁ……っ、やぁ……っ」

西条に両方の乳首を弄られ、甘ったるい声がこぼれる。

「お前、開発されすぎ。男なのにここで、そんな感じるの？」

硬くしこった乳首を指で嬲り、西条が意地悪く囁く。自分の性器から先走りの汁があふれているのに気づき、歩は潤んだ目で西条を睨みつけた。

「西条君がそうしたんじゃん……。俺、西条君しか、知らないし」

まるで淫乱だと責められたようで納得いかずに歩が言うと、西条がどきりとして眉を寄せた。

「あ、やべぇ。今の……けっこうキた」

西条が上擦った声を上げ、歩の肩に顔を埋める。熱っぽい息を吐き、西条が指を引き抜く。

「最終確認するけど、お前、初めてじゃないんだよな？　それならここで入れてもいい？　我慢できなくなった」

荒い息遣いで聞かれ、歩は羞恥に目元を染めつつ、こくりと頷いた。西条の手で身体を反転される。西条はシャワーの湯を止めると、歩の身体を背中から抱きしめた。

「はぁ、久しぶりのセックスで暴走しそう」

西条は怒張した性器を手で支え、歩の尻の穴に宛がう。先端の張った部分がぐっとめり込んできて、歩は壁のタイルに手をかけて尻を掲げる体勢になった。

「う、うう……」

熱くて硬いモノが、ゆっくりと内部に押し入ってくる。二年ぶりに西条の性器を受け入れ、歩は感極まって大きく喘いだ。ずぶずぶと西条の性器は内部にめり込んでくる。歩を気遣ってか、慎重に中を犯され、歩ははぁはぁと息を荒らげた。

「あ……っ、あ……っ、ひ、は……っ」

狭い尻穴を広げられ、目がチカチカする。硬いモノで前立腺を擦られ、腰に熱が溜まった。

「んあ……っ、や、ぁ……っ、熱い……っ」

久しぶりだから苦しいのに、気持ちよくて、胸が熱くなる。

ぐっと奥まで性器で突かれ、歩は甲高い声を上げた。身体の奥を串刺しにされる感覚。歩は足をぶるぶるさせて、タイルにすがりついた。

「あー……、マジ、気持ちいい」

西条がやっと動きを止めて、歩の腰を抱き寄せる。繋がった状態で背後から包まれ、歩は息を乱して振り返った。西条は獣じみた呼吸をして、歩の背中を見ていた。

「お前の中、熱くて締めつけて……、あ、やべぇ。生でヤってる」

奥まで入れた段階で気づいたらしく、西条が動揺している。

「いいよ……、俺男だし……、生ですること多かったし」

西条に止めてほしくなくて、歩は息を喘がせて言った。

「そっか、男だもんな……。つか、男相手でも生でヤってたなんて、よほどお前のこと信頼してたんだな。病気持ってないって」

どこかおかしそうに笑いながら、西条が手を前に回す。西条の手で性器を握られ、歩はひくりとした。

「お前もびしょびしょじゃん。中、気持ちいいのか？」

軽く性器を扱かれて、歩はびくびくと腰を動かした。

「すぐイっちゃう……から、前触らないで」

歩が首を横に振ると、西条が屈み込んでうなじにキスをする。西条は歩の性器から手を離すと、歩の太ももや背中を撫で回した。大きな手であちこちを撫でられて、気持ちよくてうっとりする。西条の手は胸元を這い、尖った乳首を刺激していく。指先で乳首を潰され、撫でられ、歩は切ない声を上げた。

「乳首弄ると、中が締まるな」

西条は吐息を耳朶に被せ、わざと強めに乳首を弄り回す。じわじわと全身に熱が浸透し、銜え込んだ西条の性器を時折、きゅっと締めつけるのが分かった。

「もう動いていいか？　だいぶ馴染んだと思うけど」

熱い息を吐き出し、西条が腰を撫でて言う。歩が荒くなる息を殺して頷くと、ゆっくりと腰を律動し始めた。

「あ……っ、あ……っ、ひ、はぁ……っ」

内部を優しく揺らされ、歩はその心地よさに、鼻にかかった声を上げた。苦しさはとっくに消え、熱棒で奥を突かれるのが気持ちいい。

「感じてるのか……、はぁ、これヤバいな」

歩の声が甘くなっているのを聞き取り、西条が徐々に腰を穿つ速度を速める。腰を抱えられ、ぐちゃぐちゃと内部を突き上げられ、歩は背中を反らした。西条の吐く息が荒々しくなり、容赦なく奥を揺さぶられる。

「あっあっあっ、ま、待って、駄目、イっちゃ……うぅ……っ」

激しく奥を突き上げられ、歩は急速に熱が高まり、引き攣れた声を上げた。ぞくぞくぞくっと背筋に愉悦が駆け上り、気づいたらタイルに精液を吐き出していた。

「やぁああ、ああ……っ、ひあ……っ‼」

嬌声を上げて射精する歩に、驚いたように西条が動きを止める。絶頂と同時に銜え込んだ

西条の性器をきつく締め上げると、西条が呻き声を上げて、歩に抱きついてきた。

「あ、っく……っ」

内部でどろりとしたものが吐き出された感覚があって、歩はひくひくと震えた。西条が激しく息を吐き出して、歩を抱きしめる。

「馬鹿、中に出しちまっただろ……。中でイけるとか、お前エロすぎ」

はぁはぁと息を喘がせ、西条が腰を引き抜く。楔(くさび)が外れ、歩はぼうっとした状態でその場に尻餅をつきそうになった。それを西条の手が支え、身体を抱き寄せられる。事後の余韻で恍惚(こうこつ)とした表情の歩を覗き込み、西条が唇を深く重ねてくる。キスが気持ちよくて、抱きしめられる身体が熱くて、歩はひとときの幸せを感じた。

「マジでこんなに興奮するもんなんだ、男同士って。お前とだからか？　あーやべぇ。今日、何回でもイけそう」

西条は歩の呼吸を奪い取る勢いでキスをすると、濡れた唇を舐めて言った。シャワーの湯で汚れた身体を洗い流されると、ぼうっとしたままの歩を抱きかかえて、西条が浴室を出る。

「ベッド行って、ヤろ」

さっと身体を拭かれると、裸のままベッドに連れ込まれた。のし掛かってくる身体の重みに充足感を覚えながら、歩は獣のように西条と抱き合った。

西条に記憶がないのが不思議なほどに、セックスのやり方は以前の通り激しいものだった。一晩中身体を繋がれ、互いの体液が混じり合うほどに犯された。キスも愛撫も西条は躊躇がなく、体位を何度も変え、しまいには口淫までした。

獣みたいに身体を繋ぎ、最後は疲れ果てて眠りについた。

アラームの音に起こされて目を開けると、寄り添うように寝ていた西条がじっと自分を見ていた。

「西条君……記憶が戻ったりは」

期待を込めて見つめると、西条が深くため息をこぼす。

「わりぃ、ぜんぜん」

あれほど以前の通りのセックスをしていたので記憶も戻ったのではないかと思ったが、そう上手くはいかないようだ。

「そうかぁ……」

歩ががっかりして目を伏せると、西条の手が伸びて、頬を引っ張られる。

「けど、お前と恋人だったってのは、何となくそうかもって気がした。身体が馴染んでいるっていうのか、上手く言えねーけど、懐かしさ？　みたいなもんがある。この俺が誰か一人にだけ絞るとかありえねーと思ってたんだが……」

まじまじと歩の顔を眺め、西条が首をひねる。

「しかもこんな素朴そうなタイプ……。女だったら絶対手を出してないはず。寝てる時はアホ面だし、絶対顔で惚れたんじゃねーよな？　分かった、お前がしつこくアタックしたんだろ。そうでなきゃ、お前と恋人とかナイよな」

西条は失礼な発言を堂々としている。

「西条君、似たような台詞は最初にエッチをした朝も言っていたよ」

記憶がなくても西条は西条なのだと脱力し、歩は抑揚のない声で教えた。

「マジか。えっ、お前からするとデジャブ的な？」

西条は自分の身体を抱いて、怯えている。

「うんうん。でも西条君が信じてくれて嬉しいよ」

歩がはにかんで笑うと、西条の手が伸びてきて、抱き寄せられる。西条は歩の頬にキスをして、肩から二の腕に手を這わせた。

「お前、もち肌だな。匂いも手触りも俺の好みだ。それに……」

西条の指先が胸にかかり、乳首を引っ張られる。それだけで歩の息は詰まり、身体の奥が疼く。

「すげぇ感度いいな。男なのに、やらしい乳首してるし……。なぁ、出る前にもう一回していい？　まだ一時間くらいあるだろ」

ぐねぐねと乳首をこねられ、耳朶をしゃぶられると、歩にはもう抵抗できない。赤くなって頷くと、待っていたように空いている乳首を口に含まれた。

「ん……っ、や、ぁ……っ」

乳首をきつく吸われたり、舌先で弾かれたりして、歩は淫らな声を上げた。西条は歩が喘ぐのを見ながら、乳首を愛撫している。両方の乳首を執拗に弄られ、歩は腰がびくっ、びくっと跳ね上がるのが恥ずかしくてたまらなかった。

「も、やだぁ……、あ……っ、あ……っ、そこばっか」

乳首が濡れて光るほど刺激され、歩は熱い息をこぼして身をくねらせた。つんと尖った乳首を、西条は指先でこね回す。

「乳首だけで濡れるのな。昨日も何度も中でイったし、かなり興奮した」

西条は勃起している性器を軽く扱き、満足そうに笑っている。やおら身体を起こし、上掛けを押しのけ、歩の両脚を抱えた。尻の穴に躊躇なく指を入れられ、歩は「ひゃっ」と声を上げた。西条の指が内部を搔き乱す。

「あー中、どろどろだな……。何回出したっけ？　まだ柔らかいし、すぐ入りそう」

入れた指を動かして、西条が濡れた目で呟く。歩の奥は昨日西条が出した精液がまだ残っている。明け方近くまで繋がっていたので、刺激されるとまた甘い疼きが起こる。

「うう……、シャワー浴びる時間も忘れないで……」

歩はびくびくと腰を揺らし、涙目で訴えた。西条の指は、昨夜覚えた歩の弱い部分をぐちゅぐちゅと擦ってくる。じわりと身体に熱が灯り、息が乱れる。

「分かってる。後で搔き出さないとな」

西条は唇を舐め、内壁を広げていた指を引き抜いた。西条は自身の性器を軽く扱き上げて勃起させると、間を置かずに歩の尻の穴へそれを宛がった。

「は……っ、は、ぁ……っ、あ……っ」

西条の熱がぐーっと奥に入ってきて、歩は背中を反らして甲高い声を上げた。西条は正常位で歩と繋がると、歩の足を抱え上げ、一気に深い奥まで侵入してきた。

「はー……っ、あー、やっぱ気持ちいい」

西条は満足げに笑い、繋がったまま歩の唇を吸ってくる。奥を犯された状態でキスしていると、愛しさと奥が疼く切ない感じが重なって、歩はメロメロになる。喘ぐ息もキスでふさがれるし、抱きつく西条の背中に時々爪を立ててしまう。

「……っ、あ、あ……っ、はぁ……っ、西条君……っ」

軽く腰を揺さぶられ、甘い疼きが身体中に広がっていく。優しく律動され、内部が収縮するのが自分でも分かった。西条の性器に内壁がうねるように絡みつく。西条もそれが気持ちいいのか、キスの合間に蕩けたような顔で息を吐き出す。

「あんま動かなくても、気持ちいいな……。何、お前名器なの？　それとも身体の相性が抜群にいいのか？」

西条は熱っぽい息を吐き出し、上擦った声で囁く。

「俺も……俺も気持ちいい……、あっ、あ……っ、ふわぁあ……っ」

時々西条の腰がぐっと動くと、歩は堪えきれずに嬌声をこぼした。突かれるたびに濡れた音がして、耳からも刺激される。西条はキスの合間に乳首を弄り、歩の感度を高めていく。歩の性器からはしとどに蜜があふれ、気持ちよくて生理的な涙が流れた。

「あ……っ、あ……っ、うー……っ、イっちゃ、う……っ、やぁ」

歩は身を反らせて、徐々に喘ぐ声を大きくした。大きな声を上げないと逃がせない快楽があって、西条が腰を突き上げてくるとどうしても感極まった声が漏れる。

「もうイきそうだな……、ちょっと激しくするぞ。あんま時間ないし」

西条が時計を確認して、歩の腰を抱え直す。歩の太ももを押さえつけ、西条が激しく腰を律動し始めた。

「やぁああ、ああ……っ、あー……っ、あー……っ」

気持ちいい場所をゴリゴリ擦られ、歩は身を仰け反らせて悲鳴じみた嬌声を漏らした。容赦なく奥を突かれ、強引に射精に導かれる。気づいたら前から白濁した液体を吐き出していて、歩は四肢を引き攣らせた。

「待って、ま……っ、イってる、から……っ、ああ……っ、ひぃ……っ」

達している間も奥をぐちゃぐちゃに乱されて、歩は涙声で身体をくねらせた。西条は激しい息遣いで歩の身体を揺さぶり、ベッドをきしませる。その動きがピークになり、深い奥で、射精された。

「はぁ……っ、はぁ……っ、は……っ」

息を喘がせ、西条がどさりと身体を重ねてくる。

「ひ……っ、は……っ、はー……っ、はー……っ」

歩は苦しさに身体をひくつかせながら、必死に呼吸を繰り返した。西条はだるそうな動きで腰を引き抜き、汗ばんだ身体を歩にくっつけてきた。貪るようにキスをされ、歩は息苦しさに死にそうになった。

「あーすっきりした」

しばらくして息が整うと、すっかり晴れ晴れとした表情で西条が起き上がる。

「やべぇ、時間がなくなってきた。急いでシャワー浴びるぞ」

西条はぐったりしている歩の腕を引っ張り、早口で言う。

「待ってぇ……、起き上がれないよぅ。垂れて……きちゃう」

あれだけ散々揺さぶられたら、そんなにすぐには起き上がれない。歩が恨めしげな目で睨むと、仕方なさそうに西条が歩の身体を持ち上げる。お姫様抱っこされてびっくりだ。

「しょうがねーな。特別だぞ」

西条はしたり顔で歩を浴室まで運ぶと、熱いシャワーの湯を全身にかけて歩の身体を洗ってくれた。特に何度も出した尻の穴は、丁寧に清めてくれる。

身体を洗って身繕いすると、もうホテルを出る時間になった。満足そうな様子の西条に車に連れて行かれ、ラブホテルを後にした。

「疲れただろ、寝てていいぞ」

高速に乗ると、運転している西条に気を遣われた。身体は疲れているものの、西条に久しぶりに愛された余韻で心は満ち足りている。記憶がないのは寂しいが、記憶がなくても西条は西条だというのが分かったからだ。

昨日から、怒濤の勢いで二人の関係が変わった。歩にとっては西条を取り戻した思いだが、まだ完全にすべてが解決したわけではない。

「西条君、あのさぁ……。あの未海さんって人、どこから現れたんだろう?」

昨日四人で話し合った時から、歩には引っかかるものがあった。

西条の母親が、女性なら誰でもいいと未海を偽の内縁の妻にしたのは理解できた。けれど西条の母親と未海はどこで知り合ったのだろう。何故、偽の内縁の妻という役目を、未海にさせようと思ったのか。そもそも夫を亡くしたばかりで身重の女性が、いくら美形とはいえ記憶喪失の男の妻を演じるものだろうか?

歩のそんな疑問に、西条も同意してくれた。

「あいつなぁ……こうなってみて思ったんだが、別に俺のこと好きじゃないと思うんだが」

ハンドルを握る西条は浮かない顔つきで言う。

「えっ！　そんなことないでしょ、あんなに執着してて」

未海の頑なに西条につきまとう様子は、とても愛がないとは思えない。

「執着はしてるよな。でも好きかって言うと……、何か妙に俺に対して苦しめたいっぽい念を感じるんだよな。だから俺、記憶のない間、散々浮気してどうしようもねークズ男だったのかと思ったんだけど」

西条はちらりとこちらを見る。

「お前のことと調べた結果を見ると、そうでもなさそうだよな。あと考えられるのは、お腹の子の父親の死に俺が関係してるのかも」

歩は怯えて肩をすくめた。

「そんな怖いこと言わないで！　じゃ、じゃあ未海さんが復讐しようと……？」

彼女の狂気的な部分を思い返し、ゾッとする。

「でもその男、九州のほうで事故に遭ったらしいから俺とは無関係のはず……。記憶ないから分からんけど、九州のほうに出かけた記録もないし」

お手上げとばかりに西条が頭をがりがりと掻く。

「確かに彼女、ちょっと変だよね……」

歩は未海の行動や発する言葉を思い返し、眉間にしわを寄せた。悪い霊に取り憑かれているせいかもしれないが……。これは霊を信じない西条に言っても笑われるだけだろう。

（びっくりなんだけど、西条君に憑いてた霊が消えちゃったんだよね）

ちらりと運転席を見て、歩は首をかしげた。西条には悪霊が憑いていたはずなのだが、昨日の修羅場とセックスを経て、すっかり消えているのだ。鬱屈とした思いを、ぶちまけたのが解放に繋がったのかもしれないし、抱き合ってへとへとになって熟睡できたのもよかったのかもしれない。記憶はなくても、恋人である相手と抱き合うのは、感情を昇華させる。今の西条は愛に満ちた顔つきをしていて、悪霊が離れるのも納得だ。

ただ、代わりに生き霊がつきまとっている。

(これ未海さんだよなぁ)

未海らしき女性の影がちらちら西条と重なって視える。未海は西条を恨んでいる。生き霊を飛ばすほどに。悪霊なら除霊できるが、生き霊は祓ってもまたやってくるのが難儀だ。未海の根本的な思考を変えるか、西条への執着を捨てさせない限り、生き霊はつきまとうだろう。

「ところで西条君、俺たちの関係は……恋人ってことでいいの?」

一応その点を確認しなければと、歩は咳払いをして聞いた。西条は無言で運転をしている。

「別れてないならヤろう的な感じのこと、昨日言ってたよね? じゃあ、恋人でいいの?」

無言の西条に重ねて聞くと、うっすら頬を赤らめて西条がそっぽを向く。

「記憶がねぇ」

ぼそりとこぼされ、歩は「ん?」と運転席を覗き込む。

「ねぇけど……まぁ、多分そうなんだろう」

この期に及んではっきりしない言動だが、西条なりに納得しているようなので、歩は許すことにした。そういえば西条はこの手の会話が苦手で、逃げる傾向があった。

「よかったよー。それでホテルに泊まるって言ってたけど、よかったらうちに来る？　部屋は余ってるし、父さんに聞かなきゃだけど、しばらく家にいてもいいって言うと思う」

にっこりして歩が言うと、西条が目を輝かせてこちらを見た。

「マジで？　お前の飯、最高に美味（うま）いし、マジなら助かる。いい物件見つけたらすぐ出ていくから」

意気込んで言われ、歩も笑って頷いた。早速父に電話すると、タクが昨日からにゃーにゃーうるさいと文句を言われる。歩が戻ってこなかったので、タクは不安だったのかもしれない。

『西条なら別にしばらくいてもいいぞ』

西条の件は快く許してもらえた。もともと誰が家にいようと気にしない性格なのだ。

「いいって。タクも喜ぶね」

電話を切って、歩は西条と笑みを交わした。

この先どうなるかは分からないが、西条とまた一緒に暮らせることになった。歩は心から喜び、幸せを噛みしめていた。

出かけた。

西条は天野(あまの)家の前で車を停めて、歩を下ろすと、荷物を取ってくると言って再び車に乗って

自宅の引き戸を開けると、クロとタクがワンワンにゃーにゃーと何か言いたげに飛びついてくる。タクはしきりに匂いを嗅いでいるし、クロは空の皿を咥えて耳をぴんとさせている。

「もしかして父さんがご飯くれなかったの?」

二匹の行動にハッとするものがあり、歩は急いで餌の準備をした。クロもタクも皿に餌を入れると猛然と皿に顔を埋めている。どうやら父はペットに餌をやるのを忘れていたようだ。メールで泊まりになると連絡したのだが、ペットの餌やりについても書いておくべきだった。幸いにもオウムの鳥カゴにはいつでも食べられるようにたっぷり餌が入っていた。けれど昨日は放鳥してもらえなかったせいで、オウムも機嫌が悪い。

ペットの世話を終えた後は、歩はいつものように洗濯や掃除を始めた。特に西条が泊まる予定の客間は綺麗に磨いておく。久しぶりに西条と暮らせるのは純粋に嬉しかった。父もいるのでべたべたするわけにはいかないが、それでも近い距離に西条がいると思うと安心する。

「おーい。今夜、客が来るからよろしくな」

散歩に出ていたらしい父が、作務衣(さむえ)姿で風呂掃除をしていた歩に声をかける。

「仕事？」

「昔の仕事仲間」

「分かった」

昔の仕事仲間ということは、お坊さんが来るのだろう。僧侶だった父は、破門されて今の『拝み屋』という仕事を始めた。破門された理由はくわしく知らないが、父のことだから上の人に睨まれるような真似(まね)をしたのだろう。とはいえ、未だにいろんな僧侶とのつき合いはあるらしく、歩の修行を請け負ってくれたお坊さんや、他宗派の僧侶とも交流している。家に彼らが来る時は、たいてい酒盛りになる。

風呂掃除を終えて廊下に出ると、チャイムが鳴る。玄関の引き戸を開けた歩は、宅配便の作業員と挨拶を交わした。作業服を着た作業員は大きな段ボールを二つ抱えていた。

「何でお客が来る頃に、タイミングよくお酒が届くんだろう？」

受け取った段ボール箱を開いて、歩は首をかしげた。段ボール箱の中身はお酒やつまみになるような缶詰の詰め合わせで、先日依頼に来た女性からだと分かった。依頼者からは金銭で礼を受け取っているのだが、後からこうしてよく感謝の品を贈られることがある。

「聖天様の御利益だなぁ。俺が酒がほしいなと思うと、手を回してくれるのだ」

段ボール箱の中を覗き込んで、父が笑う。

「そんなすごいんだ」

歩は未だに見せてもらえない秘仏を想像し、感嘆した。冗談に聞こえるかもしれないが、父の言うとおり、父は望むものを引き寄せる力が異様に強い。客が来る前にはもてなすような肉や魚、野菜や酒といったものを誰かしらが送ってくる。

「おつまみだけでいい？　しっかりしたもの作る？」

客が三人というので、歩は夕食を作る傍ら、客への料理の仕込みもした。つまみだけでいいというので、野菜を中心とした一品料理を用意した。

日が暮れかけた頃、西条が段ボール箱を抱えて現れた。

「しばらくお世話になります」

西条は家に上がるなり、父のところに行って、正座して頭を下げた。ついでに一升瓶も差し出す。今夜の酒がまた増えた。

「おう、好きなだけいろ。まぁ婿のようなもんだしな」

がははと笑い、父が西条の肩をバシバシ叩く。西条は痛そうに身を引き、段ボール箱を抱えた。段ボール箱の中にはノートパソコンや衣服、歯ブラシや歯磨き粉といった私物が入っていた。段ボール箱ひとつで収まるくらい荷物が少ない。

「それしかないの？」

歩が客間に先導しつつ驚いて言うと、西条が苦笑する。

「昔のものは全部捨てたらしい。未海がいないうちに荷物とってきた」

西条は物には執着しないタイプなので、最低限のものだけでいいようだ。未海と暮らしていたアパートは、もともと未海が住んでいた物件らしく、精算する必要はないそうだ。肝心の未海は未だに西条の実家に居座っているのか、帰ってきた様子はないという。

「西条君、お母さんに連絡しなくていいの？」

客間に荷物を運んでお茶を淹れると、歩は気になって聞いた。

「向こうが謝ってくるまで、知らん」

西条は自分から折れる気はないようで、そっけない。歩としては未海を追い出すのは賛成だが、西条の母親は許してあげてほしいと思う。西条を騙した件はよくないが、親子なのだし和解してほしい。そのためにはやはり、西条の母親がきちんと謝るべきだろう。

「あ、ところで今夜は父さんの客が来るから、仕事場のほうが騒がしくなるかも」

夕食の支度に戻ろうとした歩は、思い出して連絡した。

「仕事場？」

西条は歩の家の構造を知らないので、仕事場がどこだか知らなかった。一応案内しようと、聖天様が置かれている祭壇のある部屋へ連れて行った。

「やっぱお前んち寺なのか！」

何度も違うと言っているのだが、西条には区別がつかないらしく、尻込みしている。

「何だか、すげー圧があるんだが……」

西条は祭壇のほうを気にして、眉を顰める。霊感などまるでない西条だが、厨子の中の秘仏の存在を無意識に感じ取っている。

「そうだね、挨拶しておく？　曲がりなりにも居候するんだし」

西条に嫌悪する気配がなかったので、祭壇の前に座らせて合掌礼拝をしてもらった。西条は素直に手を合わせて目を閉じている。

「意外。こういうのはしてくれるんだ？」

霊アレルギーの西条には無理だと思っていたので、歩は驚きと喜びで声を弾ませた。

「別に、手くらい合わせるだろ。観光地でお寺や神社に行くことくらいあるし」

西条は何を言っているのだといわんばかりだ。歩にとって神仏を拝むことと、霊と対峙することはほぼ同じようなものだが、西条にとってその二つはまったく別世界のものだと気づいた。

「えー。納得いかないなぁ。仏像は拝むけど、霊はいないってこと？」

西条と一緒に居間に戻りつつ、互いの感覚の違いが気になって質問する。

「霊などいない」

西条の答えはあくまで同じだ。

「じゃあ、死んだらどうなるの？」

興味津々で聞くと、西条が「無だ」と即答する。

「そんな馬鹿な。無になっちゃったら大変じゃない。西条君、あれだけたくさんの霊に憑かれてるのに」

うっかり口を滑らすと、西条がキッと睨みつけてくる。

「お前こそ、しっかりしろ。すべての人間が霊になったらこの世はぎゅうぎゅうで息もできないだろ。ありえない。死んだら終わりだ。何も無くなる」

「えええ。じゃ、じゃあ何でお墓参りするの？　西条君ちがちゃんとお墓参りしてるの知ってるよ」

西条の理屈についていけず、歩はなおも言い募った。

「あそこは死んだ父親の骨や先祖の骨が入ってるだろ」

堂々と言い返され、歩は顔を引き攣らせた。西条の理屈でいくと、お墓参りで父の骨に挨拶をしていることになる。

「嘘でしょ。先祖の魂とかそういうものを供養するために行ってるんじゃないの?」

根本的な気持ちが理解できず、歩は混乱した。

「違う。お墓参りはいわば慣習だ」

「か、かんしゅう……?」

「昔から決められてるしきたりを守ってるだけ。別にやらなくても俺はいいけど、やめる理由がないからやってるだけ。墓を守ってるお寺を維持するためともいう」

西条の言い分に歩は言葉を失った。西条がこんなことを考えていたとは知らなかった。そういえば西条と暮らしていた時も、西条は亡くなった父へアプローチすることが一度もなかった。歩は死んだ母の写真に話しかけたり、時には母の形見を見返して語りかけたりすることがあるが、西条は一切そういう真似はしない。

「で、でもほらぁ。テレビでもたまにやってるでしょ? 死んだ家族からの手紙とか」

何とか西条の理屈を崩せないかと、歩は粘ってみた。

「あれはやらせ。全部フェイク」

西条の答えはにべも無い。話術でこの頑なな態度は変えられないと諦め、歩は台所に立って夕食の支度を再開した。

今夜のメニューは酢豚だ。ちゃぶ台に大きな皿を置き、漬物や春雨サラダ、旬の和え物、ワンタンスープを運ぶ。西条は客間に荷物を置いてくると、嬉しそうな顔で山盛りのご飯を受け取った。

「あー美味え。お前、マジで店が開けるぞ。何作らせても美味いな」

西条はご機嫌で酢豚を咀嚼し、悦に入っている。

「西条君、顔色もよくなったみたい」

歩はよく動く西条の口元を見やり、笑顔になった。未海から離れたせいか、昨日はやりまくったおかげか、西条のやつれていた顔はみるみるうちに張りを取り戻した。未海といる時はかなりのストレスに苛まれていたようなので、解放感に浸っているのだろう。

「お前の飯が美味いからだな。ご飯、お代わり」

歩の料理を褒めつつ、西条は空になった茶碗を差し出してきた。これだけたくさん食べてくれると作り甲斐があるというものだ。西条はたくさん作った酢豚のほとんどを平らげ、ワンタンスープもお代わりしていた。満腹になって、満足げにタクを撫でている。

食後のお茶を飲んでいると玄関のほうが騒がしくなった。父の客が来たのだろう。歩は玄関に走り、客に挨拶をした。

「いらっしゃいませ。どうぞ、中へ。父もすぐ来ますので」

客は三人で、そのうち二人は父の古くからの友人で、袈裟を着たお坊さんだった。もう一人は黒っぽい衣服を着た長身の青年で、短髪に黒メガネをかけている。

「あれっ、瑛太君」

　歩は見覚えのある顔に、声を高くした。黒メガネの青年は歩と同じ時期に山で修行していた城山瑛太だったのだ。確か歩と同じくらいの年齢だったはずだ。

「天野君、久しぶり。天野君ちだって聞いたから興味があって、来てみた」

　瑛太はいつも穏やかな笑みを浮かべる青年で、修行中もつらいとか大変とかいう愚痴を一切こぼさない人だった。

「息子が世話になったね」

　瑛太の父親であり、父のお坊さん仲間の城山がにこにこして歩に声をかける。瑛太は城山が住職を務めている寺の跡取りだ。瑛太は歩より早く修行を終えたので、ついつい話に花が咲いた。

「こちらは雲千和尚だよ」

　城山にもう一人の袈裟を着たお坊さんを紹介された。歩は知らないが、父の古くからの友人で、首に痣のあるほっそりしたお坊さんだ。父より少し年上かもしれない。

　三人を仕事場へ案内しようとした時、タクが廊下にぴょんと飛び出てきた。タクを追いかけてか、西条が「あっ、ちょっと待て」と廊下へ出てくる。

廊下に出たタクを抱き上げた西条が、三人の客に気づき、軽く頭を下げた。

「おや？」

「あれ」

西条と雲千和尚が目を丸くして立ち止まる。

「君は西条さんとこの……」

雲千和尚に声をかけられ、西条が狐につままれたような顔で頭を掻いた。

「どうも。お世話になってます」

西条は神妙な態度で雲千和尚と話している。歩が何事かと互いの様子を交互に見やると、庭で作業していた父が家の中に入ってきて「おう、来たか」と笑う。

「こいつは今、うちで面倒見てるんだ。息子と仲がよくてな」

父は西条の背中を軽く叩いて、雲千和尚に説明する。瑛太と城山も興味深げに西条を見る。

「そうなのかい。それで呼ばれたのかな？」

雲千和尚は父とニヤニヤと笑いながら廊下を進んでいく。父は振り向きざまに西条に目配せした。

「あとで顔、出してくれ」

タクを抱いたまま呆然としている西条に、父はそう言って背中を向けた。何が何だか分からないが、とりあえず客をもてなすために歩は用意していたお酒とつまみを仕事場へ運んだ。仕事場にはすでに長テーブルが用意されていて、座布団とお茶のセットが置かれている。父は基本的に熱燗が好きなので、真夏の暑い時期以外はいつも熱燗をつける。

「歩君、ずいぶん成長したみたいだな」

城山に微笑んで言われ、歩は瑛太と目を合わせはにかんで笑った。

「いやぁ、瑛太君は出来がいいから早く終わったけど、俺なんかは時間がかかって」

懐かしさを覚えて、瑛太と修行中大変だった夜中の山を走り回る行についてあれこれ話した。雲千和尚も歩や瑛太の苦労話を笑って聞いている。

「酒をどんどん持ってこい」

父は客からもらったものもテーブルの上に広げ、歩の尻を叩く。歩はお盆を抱えて、急いで立ち上がった。城山と瑛太、雲千和尚は食事の前に、それぞれ祭壇前で読経を始める。聖天様へ挨拶をしているのだろう。その間におつまみや用意したおはぎ、お稲荷さんを運んだ。読経が終わると四人は席に着き、すぐにお猪口をひっくり返して酒盛りを始めた。

何度か台所と仕事場を行き来して、熱燗を運んだ。ある程度酒を運ぶと飲むペースが遅くなったので、居間に戻ってひと息ついた。

「西条君、知り合いのお坊さんだったの？」

居間でクロのブラッシングをしていた西条に声をかけると、言いづらそうに目を逸らされる。

「ああ……。俺んちの墓がある寺の坊さん。まさかこんなとこで会うとは思わなかった」

西条は気になったように仕事場のほうに顔を向ける。時折笑い声が聞こえてきて、楽しく酒を飲んでいるのが伝わってくる。

「へぇー。西条君とこの……。偶然だね」

偶然と言ったものの、偶然じゃないかもと歩は内心考えた。父のことだから、何か意図があって呼んだのかもしれない。

「それよりお前の知り合いもいたみたいだな？」

探るような目つきで聞かれ、歩は笑顔で瑛太について話した。

「瑛太君は記憶力がすごくてね。どんな経典も写経すると一発で覚えちゃうんだ。しかも真冬の滝行も顔色ひとつ変えないし、瞑想も真理の扉を開けるし、仲間内では空海の生まれ変わりと言われてたくらいで」

「……」

歩の話を西条は面白くなさそうな顔で聞いている。一般人に修行中の話をしても分かってもらえないかとがっかりした。

「西条君、挨拶にいこうよ」

追加の酒を運ぶ際に西条も行こうと誘うと、気乗りしない様子で頷かれた。

新しく作った一品料理と熱燗を西条と手分けして仕事場へ持って行く。西条と歩が仕事場へ入ると、陽気な笑い声を立てて雲千和尚が西条を手招きした。

「二年くらいお墓参りに来ないじゃないか。どうしたんだい？」

柔和な笑みを浮かべ、雲千和尚に聞かれ、西条は運んで来た皿をテーブルに置いて苦笑した。

「多分、海外に行ってたせいかも……。お盆には行きますよ」

西条は雲千和尚の前に膝をつき、どこか困った様子で言う。

「それならいいけど。ご先祖様は大切にしないとね。それにしても君のお母様に頼まれた文書の件は解決したのかな？　知り合いを紹介したものの、その後どうなったか聞いてなくてね」

小首をかしげつつ雲千和尚に言われ、西条が面食らう。

「は？　……おふくろが何か頼んだんですか？　文書って？」

西条は初耳なようで、けげんそうに聞き返す。空の皿を片づけていた歩は、聞くともなしに二人の会話を聞いていた。

「ご先祖様の記した文書が出てきたんで、それを解読してくれないかって頼まれたんだよ。もう十カ月以上前かな。古語は私より専門家のほうがいいだろうと思って、その筋の知り合いを紹介してあげたんだ。何でも先祖の供養になるからって……」

雲千和尚に言われ、西条は「はぁ」と困惑した様子で歩を振り返ってきた。歩はドキドキして、何度も頷いた。先祖の残した文書――おそらく西条にとって意味のある話だ。

「母に聞いてみます」

西条は不可解そうに言った。歩はちらりとほろ酔い気分でチーズを摘まんでいる父を見た。父はウインクしてお猪口を傾けている。

父が西条の知り合いのお坊さんを呼んだのは偶然ではない。今の状態を打開する鍵なのだろう。

仕事場を後にして、歩は西条と居間に戻った。西条は顰めっ面で、腑に落ちていない様子だ。

「西条君、お母さんに文書の件、聞いてみようよ」

歩は意気込んで言ったが、西条は逆に嫌悪する態度でそっぽを向く。

「何で。おふくろとは縁を切った。俺から聞くことは何もない」

雲千和尚の話が歩は気になるが、西条はまるで気にならないらしく、つんとしている。

「そんなぁ。これ絶対、重要な話だよ。聞こうよ」

「知らん。どうでもいい」

西条はまだ自分から母親に連絡する気はないようで、ぴしゃりと窓を閉められる。がっかりしたが、頃合いを見てまた西条をけしかけよう。そう考えて、歩は汚れた皿を片づけた。

西条は疲れたと言って、十時過ぎには客間に引っ込んでしまった。歩はもう少し瑛太と話したくて、宴会をしている部屋へ足を向けた。酒もだいぶ進んで、皆はお坊さんあるある話で盛り上がっている。瑛太はけっこう飲んでいるはずなのにほとんど顔色が変わらない。

「天野君、もしかしてあれが君の恋人なの？」

歩が顔を出すと、瑛太が手招いて聞いた。テーブルの端に移動して、歩は顔を赤らめた。酒を飲んでいない歩のほうがよっぽど赤い。修行中、互いの話をする時間があったので、歩は恋人を待たせているという話を瑛太にしたことがある。一度だけだし、相手が男というのも言っていないのだが、聡い瑛太には見抜かれたようだ。

「うん。そうなんだー」

記憶喪失というのは言いづらかったので、歩はごまかすように笑った。

「何だか、すごい厄介な人だね。大丈夫？」

心配そうに聞かれ、瑛太の目から見てもそうなのかと苦笑する。

「厄介なのが好きなのかも……」

歩が小声で言うと、瑛太がいくぶん同情するように眉を下げた。

「それにしても君のとこの聖天様、すごいね。天野君、家の跡を継ぐかどうか分からないって言ってたけど、もし継がないならあの聖天様、譲ってくれないかな」

瑛太が歩の耳元で囁く。冗談かと思ったが、目が本気で、歩はついぶるっとしてしまった。瑛太が言うくらいだからやはり我が家の聖天様は力が強いのだろう。拝んでいる人間が少ないのに力があるということは、どこかのお寺に居を構えたらもっとすごい力を発揮するかもしれない。

「ははは……考えておく」

父が聞いたら馬鹿もんと叱られてしまいそうだったので、歩はすぐに別の話題に切り替えた。瑛太は自分の家の寺を継ぐと決めているので、その姿勢に迷いはない。

自分はどうするのだろう。

同世代の仲間の背中がうらやましく思えて、歩はひとしれずため息をこぼした。

■6　縁とは奇なるもの

西条(さいじょう)との同居生活は、思ったよりもすんなりといった。自分はともかく、父と西条の性格が合うのか心配していたのだが、意外と波長が合うのか、よく一緒に酒盛りをしている。歩(あゆむ)があまり飲めないので、むしろ父親と飲んでいるほうが楽しそうだ。クロとタクの存在も大きかった。犬と猫がいるだけで場が和やかになり、父と西条の会話もはずむ。ただ、西条はオウムだけは苦手らしく、西条のいる時には放鳥しないことになった。

西条は以前勤めていた塾講師に返り咲くことになり、客間にスーツや衣類といった仕事上のものが増え始めた。住むところも探しているようだが、今の環境が心地いいのか、あまり熱心ではない。

未海(みう)の件は、情報を遮断しているのでさっぱり分からない状態だ。西条は母親からの電話を着信拒否していて、歩としては歯がゆい思いをしている。いずれ落ち着いたら和解してくれると思うが、今はまだ無理そうだった。

けれど西条が居候し始めて半月が経ったある日曜日、事態が進展した。

歩の家に西条の母親が押しかけてきたのだ。

「希一はいる？　お願い、希一と会わせて」

げっそりとやつれた表情で歩の家のチャイムを押した西条の母親は、涙ながらにそう切り出した。いつも上品そうにしていたのに、着ているものはどこかよれっとして、履いている靴もサンダルだ。しかも化粧もろくにしていないし、西条の母親らしからぬ有様だった。

「あの……」

今にも倒れそうな西条の母親に焦っていると、背後から西条の気配が近づいてくる。

「何の用だ。俺はまだ許してない」

歩を押しのけて、奥にいた西条が怒りも露わに出てきた。今日は天気がいいので、二人でどこかに出かけようかと話していたところだったのだ。シャツにズボンというラフな格好をした西条は、怒りの形相で母親と対峙する。

「ごめんなさい、私が悪かったわ！　許してちょうだい、本当に反省しているから！　こんなことになるとは思わなかったのよ……っ」

西条の母親は西条を見るなり、わっと泣きだして、玄関前の地面で土下座をした。西条の母親の行動は歩も西条も虚を衝くものだった。わりとプライドの高い人なので、土下座なんて間違ってもしないはずなのだ。それほど追い詰められているのか、土下座しつつ西条の足にすがりついた。

「お、おふくろ……」

さすがの西条も、泣きながら土下座する母親に強面の顔を維持できなくなっている。西条の母親は涙を拭って、ポケットからスマホを取り出す。

「あなたのスマホも持ってきた。隠していてごめんなさい、これを見たら天野君とつき合ってたのがバレると思って」

震える手でスマホを差し出され、西条が顔を引き攣らせる。よく見ると、西条が使っていたスマホだ。

「やっぱあったんじゃねーか！　財布や免許証があるのに、スマホがないなんておかしいと思ってたんだよ！」

西条は怒鳴り声を上げて、西条の母親からスマホを奪い返す。どうやら記憶を失った西条は、自分が持っていたスマホを母親に隠されていたらしい。これがあれば、歩が恋人だったことをすぐに信じてくれたのにと歩も呆れた。

「……はぁ。記憶はねーけど、俺のっぽいな」

西条はスマホの電源を入れ、内蔵されたアルバムを眺め、吐息をこぼした。海外に行っていた時に撮った写真や、歩と暮らしていた時の写真がたくさん出てきた。西条はざっとそれに目を通し、スマホを大事そうにポケットに入れた。

「おふくろ、俺に謝るのもそうだけど、こいつにも謝れよ」

腕組みをして西条が正座する母親を見下ろす。歩は顔を上げた西条の母親と目が合って、ドキドキした。

「こいつにもすげー迷惑かけたんだからな」

強い視線で見下ろされ、西条の母親がしゅんとする。

「それは……、天野君……。あなたが嫌いなわけじゃないの。希一にお嫁さんがほしかっただけなの……。だってご先祖様に申し訳なくて」

うだうだと言い始めた西条の母親に、西条がどんと足を踏み鳴らす。その剣幕に西条の母親は「ひっ」と身をすくめ、深々と頭を下げた。

「天野君、ごめんなさい！」

額を地面に擦（こす）りつけ、西条の母親が謝る。

「い、いいえ、俺はどうでも……。あの、立ち上がって下さい、近所の目が」

歩は焦って西条の母親の手を引いた。漆喰塀（しっくいべい）がなければ、妊婦が包丁を振り下ろして叫んだり、中年女性が土下座したりと歩の家の評判は恐ろしいことになりそうだ。西条も溜飲（りゅういん）が下がったのか、仕方なさそうに表情を和らげる。歩は西条の母親の衣服の汚れを叩(はた)いて、中へと入れた。

「話は中で」

歩が笑顔で言うと、西条の母親が目を潤ませて何度も頷(うなず)いた。

父は留守だったので、西条の母親を居間へ入れてお茶を出した。来客が好きなクロとタクは何故(なぜ)か西条の母親へはあまり近づこうとはせず、遠巻きに眺めている。西条の母親に憑(つ)いている霊が気になったのだろう。最後に会った時より、ひどくなっている。

「この前……、希一が出ていった後から……未海さんの暴行が始まったの」

出したお茶には口をつけず、西条の母親はうつむきつつ、とんでもない話を始めた。

「まさか、まだ追いだしてねーのか⁉」

母親と向かい合ってあぐらをかいた西条が、呆れて目を剝(む)く。

「だって……、話はそう簡単じゃないのよ……」

西条の母親は言いづらそうに視線を泳がせる。

「はぁ⁉　至極簡単な話だろ？　俺とは何の関係もねーんだぞ？　一度もヤってねーし、あのガキが俺の子じゃないっておふくろも知ってたんだろ！」

カリカリした西条に怒鳴られ、西条の母親が涙ぐむ。

「それは……そうだけど……。彼女には償わなければならないことがあるから……。でも最近未海さんが暴力を振るうようになって……」

ハンカチを取りだして、西条の母親がぐずぐずと鼻を啜る。歩も西条の母親の気持ちが理解できなくて、フォローできなかった。今の状態は、見知らぬ母子を居候させている親切な人にしか見えない。しかも暴力まで振るわれているなんて、どうして彼女を追い出さないのか分からない。

「警察呼べよ。無関係の人間がいるって追い出せばいいだろうが」

西条も呆れ返って、逆に怒りが収まったようだ。

「そんなのは分かってるけど……けど」

西条の母親がハンカチでぐしゃぐしゃの顔を拭う。

「希一は覚えてないと思うけど、海外旅行から帰ってきて、あなたがしばらく実家にいたの」

顔を濡らした憐れなそぶりで西条の母親が話し始め、歩は身を乗り出した。

「その時にね、親戚からご先祖様が残した書物が出てきたって話をして。糸で閉じた江戸時代くらいに書かれたものらしいんだけど」

西条の母親が、苦しそうに続ける。

雲千和尚の言っていた文書の件と繫がって、歩は西条と目を見交わし合った。

「達筆すぎて読めないから、お墓を守ってもらってるお坊さんに何が書いてあるか読めないか、頼みにいったのよ。そうしたら昔の字を読める方を紹介してもらって。少し時間はかかったけど、解読していただいたの」

たどたどしい声で西条の母親が話す。歩と西条は黙ってその話を聞いた。

「そうしたらご先祖様がある一族の男子をすべて斬り殺したっていう記述が出てきて……。そんな言い伝えもあったけど、信じてなかったわ。以前、天野君のお父様に除霊してもらったでしょう？　事情を知らないはずの天野君のお父さんにも言われて、あの時は半信半疑だったけど、いよいよ本当だったんだって希一と驚いてたの。それで、今もその一族の生き残りがいないか、調べてもらったのよ」

歩は驚きのあまり、西条の腕を摑んだ。

「いたんですか⁉」

話を聞いた時には、虐殺した一族は絶えたと思っていたが、ひょっとして違うのか。

「その筋のことにくわしい人に頼んで調べてもらったら、分かったの」

西条の母親がつらそうに眉を下げる。ハッとしたように西条が腰を浮かせかけ、青ざめて唇を歪めた。

「ま、まさか……それが未海って言うんじゃないだろうな……？」

西条は恐怖に身を震わせて言う。

こくりと西条の母親が頷き、歩はぞーっとして西条に寄り添った。

未海は——西条の先祖が殺した一族の生き残りだったのか。そんな奇縁で出会うことはあるのか。だが、こうして未海の行動を振り返ってみると、思い当たる節があった。西条に対する執着心と、愛しているはずなのに逆に苦しめている態度。

「信じ……らんね。いや、……こうしてみると、納得できる」

西条は顔を覆って、苦しそうな息遣いになった。

「あいつ、俺を好きっていうより、苦しめたいって感じだったしな……。俺に恨みを抱いてたってわけか」

衝撃の事実に西条は落ち着きたいのか、ポケットの煙草(タバコ)を探り始めた。無意識のうちに煙草を吸い出しそうになっていたので、急いでそれを奪い取った。家の中では禁煙だ。

「未海さんの存在を知って、希一と一緒に何かできないかと思って会いに行ったのよ。お墓参りもさせてほしいって頼んで……。一族の男子は斬り殺したけど、身ごもっていた女性がいたんでしょうね。細々と血が繋がっていたみたい」

うつろな表情で西条の母親が語る。

「未海さんの家はあまり幸せな感じではなくて、両親は離婚して父親は肺をわずらっていて、未海さんも妊婦だけど旦那が籍を入れる前に事故で死んだって。もちろん、未海さんにはうちの先祖がそちらの先祖の男子を虐殺したなんて話してないわ。祖父が知り合いだったって嘘ついてお墓参りさせてもらったの」

ちらちらと西条を見やり、西条の母親はため息をこぼす。未海はこちらの事情は知らないのか。それなのにあれほど西条に対し執着していたなんて……。

「でもお墓の前で手を合わせたとたん、希一が倒れちゃって。昏睡しちゃって、あの時は驚いたわ。目を覚ましたらここ数年の記憶がないって言い出して、どうして病院にいるかも分かってなかった。その時、思いついたの。幸運にも天野君の記憶がぽっかりなくなってるから、未海さんと結婚すればって」

申し訳なさそうに西条の母親が打ち明ける。歩も西条も呆れて言葉が出なかった。

「未海さんも夫がいなくてこれからどうしたらいいか分からないって、言ってたし……。希一のこともまんざらでもないようだったから、生計を立てるために一緒にいたらどうかって提案したのよ。本当に乗ってくるとは思わなくて」

西条の母親の話で当時の状況が分かってきた。西条の記憶が何故なくなったのか疑問に思っていたが、やはり虐殺された一族の霊障によるものだった。

「あのぅ……おそらくですけど、未海さんがその話に乗ったのは、先祖の霊が関係していると思います」

黙っていられなくて、歩は口を開いた。

「俺たちの肉体は、代々先祖の血を受け継いで作られているものなんです。だから事情を知らなくても、未海さんは西条君を苦しめるために、それに賛成したんです。西条君と一緒にいても、幸せにするどころか逆に苦しめるような態度になったはず」

歩はちらりと西条の母親を見た。西条の母親の腕や足に、かすかに痣があ
る。未海に蹴られたか、殴られたか、されたのだろう。

「西条君がいなくなって、その矛先は西条君のお母さんにいったんだと思います」

同情気味に言うと、西条の母親が切ない息をこぼす。

「そうね……。私は先祖の犯した罪を償うつもりで未海さんといたけれど、徐々に暴力がひどくなって……もう耐えられなくなった。しかも希一の意思を無視して勝手に籍を入れようとするから怖くなって」

「マジかよ。不受理申請しておいてよかった」

西条は冷や汗を掻いている。

「何か、どっと疲れた」

ひととおり話を聞き終わり、西条はちゃぶ台に突っ伏している。歩も妙に気疲れしたので、

当人である西条と西条の母親はもっとだろう。

「そんで……こうなった以上、追い出すんだよな？」

新しいお茶を淹れると、やっと西条の母親も飲んでくれて、場の空気が柔らかくなった。西条はじとっとした目つきで西条の母親を見据える。

「あの、そういう償いかたではお互いに不幸になるだけですよ。新しいカルマを作っているだけになっちゃうから、ふつうに供養したほうがいいです。というか未海さんと接触したことによって、逆にその一族の先祖霊が活性化してるっぽいし」

歩も西条の母親に熱く語りかけた。先祖の犯した罪を償おうというのは素晴らしい心がけだが、明らかに間違った方向に走っていた。すべての間違いを正すためにも、未海とは距離を置くべきだ。

「そうね……その通りだわ」

神妙な態度で西条の母親が頭を下げる。

「希一、お願い。一緒に未海さんを追い出してくれない？　私、あの人が怖くて。子どもの世話をしないと蹴られるし、食事も家事も全部私にやらせてあの人、テレビばっかり見てるの。一人じゃ追い出せないわ」

西条の母親が土下座までしてここにやってきたのは、要するに追い出すのを手伝ってほしかったようだ。西条の母親はすっかり未海の暴力に怯えている。自業自得といえばそれまでだが、自分の家庭のことなので、西条も無下にできなかった。

「しょうがねーな……。最悪の場合、身内でやるとこじれそうだから、第三者に頼んで追い出すか」

西条はもしもの事態には、警察や弁護士の手を借りることに決めたようだ。これから実家に行ってくるというので、歩も一緒に行こうかと尋ねた。けれど西条はこれ以上歩を実家の騒動に巻き込みたくなかったのか、「お前はいいから」と断られた。

「気をつけてね」

未海という女性は一筋縄ではいかなそうだったので、西条親子を見送りつつ、歩は心配になった。このまま無事に終わりますようにと願い、西条の帰りを待ちわびた。

西条が帰ってきたのは、深夜を過ぎた頃だった。ぐったりした様子で入ってきて、「頼む、何か食わせてくれ」と力のない声で言った。

西条の帰宅に父もクロもタクも集まってきて、居間で残り物のさんまの煮付けをガツガツ食べる西条を見守った。

「マジですげぇ疲れた。生気、抜かれた」

最初は憔悴していた西条は、胃袋が満ち足りてくると徐々に元気を取り戻して話し始めた。西条の話によると、未海の抵抗がすさまじかったそうだ。

「実家帰ったら、中が荒らされてて。おふくろがいない間に登記簿謄本探してたみたいで、泥棒が入ったあとかと思った」

他人の家の登記簿を奪ってどうするつもりだったかは分からないが、最初は穏便に話し合いで出ていってもらうつもりだった西条たちも、度を越していると悟って警察を呼んだそうだ。未海は警察が来てヒステリックになったらしく、家の中で暴れて大変だったという。

「とりあえず自分の家に帰ってもらったけど、お袋の話だといつの間にか合鍵も作ってたってんで、ドアの鍵を替えたりして時間がかかった」

西条の意思を無視して結婚届を出そうとしたり、家を荒らしたりと、未海の暴走はすさまじい。先祖の霊に支配されて、西条家を苦しめることで頭がいっぱいなのだろう。その間子どもは放っておかれていて、警察が育児放棄とみなして児童相談所に連絡した。西条の母親が一緒にいた時は、子どもの面倒を見ていたそうだが、もともと身内でも何でもない子どもだ。未海がこのままの状態で居続けるなら、養護施設へ預けたほうがいいかもしれない。

「お疲れ様……。西条君って本当にすごい人を引き当てるよね」

キリエといい暴れる女性を引き寄せやすい西条に同情し、歩はしみじみと言った。

「俺のせいなのか？　つうか、俺が絶縁状を叩(たた)きつけた時に、おふくろもあいつを追い出せばよかっただろ。訳の分からない罪悪感なんて持つから悪い。……そんで、まぁ」

食事を終えて落ち着いたのか、西条が父に向き直る。

「俺は記憶にないんですが、先祖の霊を供養してもらったとか？　おふくろがまたお願いしたいって」

西条は父に頭を下げて、真面目な顔つきで頼み込む。

「うーん」

父は西条をじっくり眺め、顎を撫(な)でた。

「俺じゃなくて、こいつにやらせてみたらどうかな？」

笑顔で父に肩を叩かれ、歩はびっくりして固まった。西条が不安そうに、歩へ目を向ける。

「お前もできるのか？　大丈夫か？　祈禱(きとう)の最中に死なねーだろうな？」

西条は昔、祈禱の最中に坊さんに死なれたというトラウマがあるので、歩にできるか心配なようだ。歩としてもいきなり任せられるのは心臓に悪い。

「父さん、俺に任せて大丈夫なの？」

できるかできないかという問題については、大いに疑問だ。一応ひととおりの修行はしたので、供養自体はもちろんできる。ただ、未海の先祖の霊をすべて除霊したり浄霊したりするのは、大仕事だ。

「俺もフォローするから大丈夫だろ。修行の成果、見せてみろ」

父に凛とした態度で突きつけられ、歩は背筋を伸ばした。父はきっとこれが西条の件だから歩に託したのだ。この先ずっと、西条といるために。

「分かった、俺がやるよ」

歩がきりっと顔を引き締めて言うと、西条がかすかに身を引く。

「ちゃんと金銭も受け取れよ」

父に釘を刺され、歩は無意識のうちに無償でやるつもりだったので、どきりとした。金銭を受け取ると受け取らないとでは大きな違いがある。歩は仕事としてこの件を引き受けなければならないと言われたのだ。

「西条君、この件、俺に任せてもらってもいいかな？　大がかりな祈禱になるけど、しっかりこの悪縁を絶つから」

歩が意を決して言うと、西条も気を呑まれたように頷いた。

「……頼む」

西条に頭を下げられて、歩も心を決めた。前回、父がやった時には三日もかかったのだ。きちんと前準備をして挑まなければならない。

プレッシャーはあったが、西条のためなら全力を尽くそうと、歩は闘志を燃やした。

西条の母親からも正式に依頼を受け、歩は西条家の先祖の霊が一族を守る力を強くし、西条家が虐殺した一族の霊を鎮めるための祈禱を行う。まずは潔斎を始めた。潔斎とは酒肉を断ち、沐浴(もくよく)をして一切の穢(けが)れを祓(はら)う行為だ。歩は一週間、これをこなした。その間、西条には悪いが、肉料理は出せなかったので我慢してもらった。

心身共に清められたと感じて、まず歩は十一面観世音を守護につけた。修行先ではそれぞれ守護してもらう仏様と縁を繋ぐのだが、歩は師匠に言われて観音菩薩(ぼさつ)と縁を持った。縁を切らないために毎日経を上げたりしなければならないが、一生守ってくれる心強い存在だ。

守りを固めたところで、法衣を着て祭壇に向かい、西条家が虐殺した一族の霊を鎮める祈禱に入った。前回父が行ったのは、その当時、表に出てきた霊の除霊だ。今回は末海と西条が邂逅(かいこう)したことにより、それまで隠れていた残りの先祖霊が出てきて活発化したので、それらをまとめて浄霊することにした。浄霊はあくまで穏やかに成仏してもらうもので、もしそれでも拒む霊がいたら除霊に切り替える。

祭壇には三角炉が作られ、護摩法が行われた。供養のために、西条家には供物を買ってきてもらった。白い布をかけた祭壇に、供物の品が並んでいる。花や食べ物、酒などだ。西条家に恨みを持つ一族の霊へ、捧げられる。

「ノウマクサマンダ・ボダナン……」

印を組み、真言をひたすら唱える。一連の祈禱には手順があり、唱える真言の数も決まりがある。手にした数珠で回数を数え、仏の加護を得て、恨みを抱く一族の霊を鎮める。二日の間、歩はそれらを一人で行った。

(観音様、彼らをお導き下さい)

二日目の夜には、歩は観音菩薩を呼び出して西条家に恨みを抱く不浄仏霊を託した。観音菩薩は蓮の花に彼らを乗せて、浄土へと導いてくれる。

その後に、西条家の先祖たちを浄化し、西条たちを守る力を強める法を行った。その中には西条の亡くなった父親の霊もいて、西条や西条の母親を心配しているのが伝わってきた。西条の父親の霊は、西条によく似た面立ちで、優しそうな印象がある。三十歳まで生きたが、西条が生まれた後はしょっちゅう入退院を繰り返していた身体の弱い人らしい。

(西条君は俺が守ります)

西条の父親に強くそう告げると、嬉しそうに微笑んだ。

三日目には、西条や、西条の母親、父の力を得て、それまでの祈禱で成仏しなかった悪霊を一気に祓う法を行った。

この日には西条と西条の母親も呼びつけ、朝から祈禱を続ける歩の後ろで合掌してもらった。何時間も読経を続けて、午後三時になった頃、空気が一変した。

炉の炎が生き物のように揺らめき、どこからか『おお……』という地を這うような声がした。男の野太い声と、女性の悲痛な叫び声だ。西条家の先祖に殺された者たちの霊が、西条や西条の母親に向かって恨みつらみを述べ出す。西条たちには聞こえていないようだが、何かしら不穏な気配が高まっているのは分かったのだろう。二人ともしきりに周囲を気にして、うなじを掻いている。

武士だった者たちが騒いでいるせいで、甲冑のこすれる音と刀を振り下ろす音がうるさくなった。生前の記憶を留めている者は少なく、ただ憎悪の念に支配されて西条たちを殺そうともがいている。読経を続ける歩にも刃が向けられたが、守護する観音菩薩のおかげで歩には害はない。

(邪魔が入る)

炉に護摩木をくべようとした歩は、手を止めて後ろを振り返った。西条たちが驚いてこちらを見やる。

「西条君、お客が来るからここへ連れてきて。暴れるようなら、縛ってでも」

歩が静かに告げると、気圧されたように西条が腰を浮かせた。困惑したそぶりで仕事場を出ようとした西条は、いきなりチャイムが何度も鳴らされ、びくりとした。

チャイムは激しく押されている。

「マジかよ……」

うんざりした顔つきで西条が玄関に走り、少し後に表で騒いでいる声が聞こえてきた。ヒステリックな声から、それが未海だというのが歩にも分かった。読経を続けていると、西条に羽交い締めにされた状態で未海がこの場へ連れてこられた。未海は読経の最中というのに気づき、西条の腕の中で暴れた。

「やめろ、やめろ！　気持ち悪いんだよ！　お前がいなければこいつらを殺せたのに‼」

未海の声はしわがれて、まるで別人のようだった。悪霊に身体を乗っ取られているのだろう。すごい力で暴れ、西条が舌打ちする。西条の母親も恐ろしげに身震いし、暴れる未海を押さえつけた。

（上手く導かれているんだなぁ）

今回の祈禱に当たって、悪霊に支配されている未海もこの場に呼び、悪霊を引き剝がさねばならないと思っていた。祈禱に入る前に西条に未海を呼び出せないか聞いたのだが、連絡がつかないとかで断念していたのだ。歩には想像もつかないが、神仏の力で未海はこの場に呼び寄せられたのだろう。

歩は未海の身体にとり憑いた悪霊を、読経と香で懸命に追い払おうとした。そのたびに未海は暴れ、悪態をついた。

「お前らの一族を殺してやるぅ……、今すぐうるさい声を止めろ……、許さない、許さない」

未海は身をくねらせて、しゃがれ声で毒を吐き続ける。

すると父が立ち上がって、祭壇の横に置かれていた太鼓を激しく打ち鳴らし始めた。とたんに未海は苦しげに「うげぇ……げぇ……」と床に何かを吐き出した。黒っぽい煙が、未海の口からどろどろと出てくる。

歩は父の鳴らす太鼓に合わせて、一心不乱に読経を続けた。

「やめて……やめてぇ……苦しいよぉ」

それまで男みたいな口調で怒鳴り散らしていた未海が、一転してか弱い声で泣きだした。世にも憐れな様子で嗚咽(おえつ)している。

「助けて……助けて……」

未海がぐったりしたので、西条が不安げに力を弛める。憐れな態度だが、悪霊はまだ消え去っていないと歩には分かっていた。

「オンアボキャベイ……」

さらに読経を続けること一時間、未海はとうとう何もしゃべれなくなり、畳の上に伏せた。西条はハラハラした様子で、それを見守っている。

歩はすっくと立ち上がり、未海の前に膝をついた。懐から独鈷杵を取りだし、真言を唱えて未海の身体に当てた。

「ぎゃあああ！」

ふいに未海がのたうち回って悲鳴を上げた。構わずに真言を唱え、未海の身体に独鈷杵を押し当てる。三度目の時に未海の口から黒いものが、ぶわーっと噴き出された。それらは炉の煙に巻かれ、霧散して消えた。——悪霊は消え去った。

「西条君、未海さんを手当てしてあげて。仕上げがあるから、また戻ってきてね」

歩は意識を失った未海を西条に託すと、再び祭壇の前に正座した。

「お、おう……」

西条は母親と共に未海を別の部屋へ連れて行く。

十分ほどして西条と母親が戻ってきて、正座する。悪霊を除霊する祈禱は終わったので、ここからは西条家の人間が末永く生きるための法に入る。

ここからは聖天祭祀を行える聖天行者である父にしかできないので、交替してもらった。

父は酒を聖天様に供える酒供というやり方で、西条家の延命を祈禱した。

西条と西条の母親に、新しい力が降り注ぐのが歩には視えた。

(これでもう大丈夫だね)

安心して微笑んだ矢先、西条が突然苦しげに呻いてその場に突っ伏した。驚いて西条を振り返ると、苦痛に呻きながら西条が悶絶する。急いで助け起こすと、西条が苦しそうに目を開けた。

「あ……?」

西条は痛そうに押さえていた頭から手を離し、助け起こした歩を見つめた。

「ここ、どこだ……? 何で俺はこんなところに……、いや、お前……」

西条はまるで初めてここで目覚めたと言わんばかりに、辺りを見回す。その視線が歩に注がれ、くわっと目を見開く。

「お前、やっと戻ってきたのか!」

大声で怒鳴られ、歩はぽかんとした。経を終えた父が振り向き、快活に笑う。

「霊障が取り除かれ、記憶も戻ったようだな」

父に言われ、目の前の西条が自分のよく知る男に戻ったのを実感した。西条は歩の両頬を両手で挟み、目を吊り上げて睨みつける。

「てめぇ、遅すぎるだろうが！　何年待たせる気だ、馬鹿野郎！」

いきなり文句を言われて、歩は顔を引き攣らせた。

「え、そこから……？」

西条にとっては、歩がやっと戻ってきた状態らしい。これは説明が面倒だと感じ、歩は乾いた笑いを漏らした。


混乱状態の西条と一緒に居間に戻ると、座布団の上に寝かされていた未海の意識が戻っていた。未海は西条や西条の母親、歩を見て、真っ青になった。とり憑いていた悪霊は消え、未海は本来の自分に戻っているはずだった。

「あの……、私……ここまでするつもりじゃ……」

未海は西条親子を恐ろしげに見やり、しどろもどろで頭を下げる。

「私、どうかしていたんです……、本当にすみません……」

別人みたいになった未海に、西条の母親も胸を撫で下ろす。歩も未海が起き上がるのに手を貸し、持ってきた水を飲ませた。

「もう大丈夫ですよ。悪いものは追い払いましたので」

歩が優しく言うと、未海は空になったグラスを手にして、不安そうに震える。

「私……何であなたを殺そうと……？　ごめんなさい、分からない……。希一や希一のお母さんが憎くて、苦しめてやりたくてたまらなくて、邪魔するあなたも痛めつけたくて……、信じられない。どうして私はあんな恐ろしいことを？」

悪霊が消え去った今、未海は自分のしでかした行為に恐れおののいている。ふつうの悪霊ならここまでひどくなることはなかっただろうが、まずいことに彼女にとり憑いたのは先祖の霊だった。人格が変わり、復讐心（ふくしゅうしん）でいっぱいになってしまった。

「私も悪かったの。あなたに変な計画を持ちかけて。許してちょうだい」

西条の母親はうなだれて未海の手を握る。

「いいえ、悪いのは私です。そうだ、私の子……、私の子を」

未海は自分の子どもを思いだし、どっと涙を流す。児童相談所に連れ去られたのを思い出したのだろう。この件に関しては、児童相談所と話し合いを続けて子どもが帰ってきても大丈夫な環境を作る以外に道はない。

未海は悄然としたまま、何度も謝って自宅に戻っていった。それを確認して、西条の母親も改めて歩に頭を下げた。

「今回は本当にお世話になりました。全部私が悪かったの……。これからは息子の気持ちを大事にします」

西条の母親が正座して深々と頭を下げる。それを見ていた西条は、狐につままれた様子だ。

「今日はもう帰りますね。お父様によろしくお伝え下さい」

仕事場で片付けをしている父を気にしながら、西条の母親もそう言って帰っていった。その少し後に父が戻ってきて「いやぁ、疲れたな」と笑いながら腕をぶんぶん回した。

「俺は寝る。クロ、おいで」

父は居間に置いてある犬用ベッドで寝ていたクロに声をかけ、歩と西条に向かってにやりと笑い部屋に戻っていった。

歩と西条、猫のタクだけが居間に残り、変な沈黙が落ちる。

「えーっと、西条君。西条君は霊障によって記憶をなくしていたんだけど、それは治った……のかな？　ちなみに今日は五月二十五日だよ。ひょっとして記憶をなくしていた間の記憶が消えてる……？」

意識を取り戻した時の西条の様子を思い返し、歩はおそるおそる聞いた。

西条はちゃぶ台に肘を突き、うんうん呻りながら髪を掻き乱している。

「マジかよ、何で夏だったはずなのに五月……？　俺、頭がいかれたか？　気づいたらどんどん太鼓が鳴って火はぼうぼうだし、おふくろはいるし、お前は坊さんみたいな格好してるし……、それに何であの女が……？」

西条は現状が理解できないらしく、ホラー映画を観た後みたいな顔つきだ。西条が記憶をなくしたのは、未海の先祖の墓参りをした時だ。そこから全部忘れてしまったのか。

「お前、いつ戻ってきたんだ？　約束の一年が経っても戻ってこないから、ほんとーにぶち切れて寺に殴り込みにでもいこうかと思ったぞ。場所が分からなくて幸いだった」

改めてじとっとした目つきで言われ、歩は手を合わせてひたすら謝った。

「ごめん、西条君。本当にごめんね。でも記憶がない間の話をしたら、きっと西条君驚くよ。もーすっごい大変だったんだから。西条君はさっきの女の人と同棲しててね」

「は？　俺が何であの女と？」

ちゃぶ台に突いていた肘をずり落とし、西条が眉根を寄せる。

「お前、俺の記憶ないのをいいことに、てきとー言ってるんじゃない」

「ホントだってば！　しかも未海さんはお腹に子どもがいて、俺はもう西条君とお別れだと思って……っ」

疑惑の眼差しを向けられ、歩はムキになって言い返した。西条がけらけらと笑い出す。

「そんなわけないだろ。特に俺の好みの女でもないし、第一あいつおふくろと一緒に詫びに行った血筋の女だろ？　そんなやつに手を出すわけないだろうが。俺はそこまで極悪じゃない」

「だからぁ……そこは複雑なんだってばぁ……」

これまでの状況を語るのが難しくて、歩はため息をついた。歩と西条の会話を聞いていたタクがにゃあと鳴いて、西条の膝に乗る。

「西条君は霊障で俺と過ごした間の記憶だけなくなってたんだよ。さっきの女性と内縁の夫婦みたいな状態だったんだから。俺が西条君とつき合ってたって言ったら、西条君信じてくれなかったし、本当にいろいろ、いろいーろ大変だったの！」

イライラしてきて歩が声を上げると、西条が不可解そうに黙り込む。

「記憶のない俺がお前とつき合っていたのを信じなかった……？　お前が何を言っているか分からない。つうか、マジで思い出せない。俺は病気か……？」

墓参りからの記憶がないことは西条にとって脅威らしく、顔が強張っている。

これ以上話しても埒が明かないので、歩は以前も行った先祖の霊を鎮める祈禱をしたと教えた。西条も年に一度の供養を忘れていたのを思い出し、少し納得いったそぶりになった。

「……よく分からねーが……、まぁともかく修行が終わって帰ってきたんだよな？」

しげた。

西条が背筋を伸ばし、コホンと咳払いする。ふいに両手を広げられ、歩は「ん？」と首をか
「離ればなれだった恋人が戻ってきたんだから、まずはハグだろ。そんでエッチ。お前のいない間、すげー禁欲生活を強いられたんだからな。この俺が！　俺が浮気もしないで待っていたって信じられるか⁉　お前の部屋、どこだ？　今すぐヤらせろ」

ふてくされたような言い方で言われ、歩は「わぁ」と仰け反った。

「西条君、西条君は覚えてないようだけど……、記憶がなくても西条君は西条君だったんだよ。俺たちとっくにラブホで朝までコースをしてるんだから……。しかも今、西条君は俺の家に居候してるんだよ……」

ぽっと頬を染めて歩はそろそろと膝を詰めた。西条は自分たちがすでに抱き合ったと聞かされ、ショックを受けて手を下ろす。

「嘘だろ⁉　覚えてねぇ‼　何で俺がお前ンちに⁉」

西条に悲痛な叫びをされ、歩はついおかしくなって笑い出した。ぴょんと西条に飛びつき、ぎゅっと抱きつく。

「西条君、待たせてごめんね。大好き」

やっと本物の西条だと感じ、歩は嬉しくなって頬をすり寄せた。困惑したまま西条が抱きし

め返し、首筋の匂いを嗅ぐ。

「あー……お前の匂い、やっぱ好き。お帰り。待たせすぎだぞ」

歩の匂いを堪能(たんのう)し、西条が囁(ささや)く。

「ただいま」

西条に唇を寄せて言うと、すかさず熱いキスが降ってきた。視線が合い、互いに少し照れくさくなって、笑い合う。蕩(とろ)けるようなキスを交わし、歩はやっと西条が戻ってきたのを自覚した。


歩の部屋よりは西条が使っている客間のほうが父の部屋から遠いということで、キスをしながら客間になだれ込んだ。

西条は部屋を見回して不思議そうに首をかしげ、隅に畳んで置いてある敷き布団を広げた。覚えのない部屋に自分の私物があるのが理解できないのだろう。だが深く考えるのはやめたようで、歩の腕を引っ張り、敷き布団に引きずり込んできた。

「お前、痩せたな。髪も短いし……」

歩に覆い被さりながら、西条がじろじろ眺めて言う。修行の間は精進料理しか食べていないので、自然と贅肉が落ちたのだ。修行に出る前に比べ、十キロは減ったかもしれない。

「もうちょっと肉をつけろ。ぷにっとした感じがわりと好きだった」

法衣の上から身体を探られ、歩は西条の背中に手を回した。

「西条君、俺、シャワー浴びなくていいの？　この服装でその気になれるのすごいね」

法衣を着ているのにヤる気になっている西条に歩は感嘆した。不謹慎と思ったり、あるいは萎えたりしないのだろうか。

「背徳感があって悪くねぇよ」

西条は薄く笑って、歩の首筋に顔を埋める。襟元を弛められ、首筋をきつく吸われる。歩が思わず「んっ」と息を詰めると、耳朶をしゃぶられる。

「あー、お前の匂い……久しぶり」

うっとりした声で耳朶を甘く嚙まれ、下腹部を衣服の上から揉まれる。いやらしい音を立てて耳朶の穴に舌を差し込まれ、歩は身体の奥が疼いて目を細めた。記憶のない西条と抱き合ったが、やはり記憶のある西条のほうが、より深く強く歩を求めている。それが分かり、たまらない気持ちになった。

「待って、脱ぐから……」

歩も西条が欲しくなり、息をかすかに乱しつつ、西条の身体の下から這い出た。法衣を手早く脱いでいくと、西条も上に着ていたニットのセーターを脱いでいく。

「はぁ。待ってらんね」

白帯を解いている途中で、西条が背後から抱きついてきて、強引に唇を吸われる。西条の手が弛んだ帯を引っ張り、中に着ていた白衣の襟を広げる。

「西条……君」

舌を絡めるような深いキスをされながら、剝き出しになった肌を大きな手で撫でられた。西条の手が胸元を円を描くように撫で回す。キスの合間に乳首を摘まれ、歩は息が乱れて、西条にもたれかかった。

「は……、はふ……っ」

官能を引き出すような西条の口づけに、吐息がこぼれる。西条の舌は口内に潜り、歯列や上顎を撫でる。舌と舌を絡め合い、唇を吸われている間、ずっと乳首を指先で弄(いじ)られた。乳首はすぐにぴんと尖(とが)り、西条の指先に嬲(なぶ)られ、切ない疼きを与えてくる。

「……っ、……っ」

歩がびくびくと腰をひくつかせると、敷き布団の上に座り込み、歩を膝の上に乗せる。

「よかった。修行してこういうの、もうしないとか言い出さないいな」

歩の肩に顔を寄せ、両方の乳首を引っ張って、西条が囁く。

「そんなわけ……、あっ、あっ、んあ……っ」

乳首を虐められて、歩が甘く喘ぎながら仰け反る。西条は乱れた白衣を広げると、歩の下着の上から性器を軽く握った。

「ひぁ……っ」

そこはすでに形を変えていて、西条の手で握られると全身に熱が行き渡る。

「西条君……っ」

歩が上擦った声で名前を呼ぶと、西条がぐっと腰を押しつけてくる。西条の高ぶりが尻の辺りに当たって、歩は頬を朱に染めた。西条の熱も高ぶっていて、胸がドキドキする。

「あんま保たないかも……。すぐ入れたい」

歩の耳朶を食み、西条が切羽詰まった声で囁く。歩の下着越しに性器を握っていた西条の手が、その奥の尻のすぼみに移動する。

「ローションなんて、ねぇよな……？」

布越しに尻の穴をぐりぐりと刺激され、歩は腰をひくつかせた。

「えっと、……多分、西条君のバッグの中に」

歩がこっそり答えると、西条が半信半疑でバッグに手を伸ばす。中を探っていた手が、ローションの容器を取り出す。

「俺のバッグなのに、俺が知らないものが入っている」

恐ろしげに呟き、西条が歩の下着をずり下ろした。太ももの辺りで留まった下着を、歩はそろりと脱ぎ捨てた。西条はローションの液体を手に取り、歩の尻に擦りつける。

「体勢変えるぞ」

西条は歩の身体を敷き布団にうつ伏せにさせると、白衣をまくって、ローションを尻のはざまに垂らした。そのまま濡れた指先で尻の穴を撫でられ、歩は小さく呻いて膝を立てた。西条の太くて長い指が、水音をさせて尻の穴を出たり入ったりする。

「ん……っ、んん……っ」

数日前にもこっそり父の目を盗んで抱き合ったことを思い返し、歩は甘い声を上げた。西条の指は性急な動きで、内壁を広げていく。

「ほぐれるの、早くないか?」

指を増やした西条に不審げに聞かれ、歩は真っ赤になって肩越しに西条を睨んだ。

「俺は西条君しか知らないから!」

浮気を疑われてはたまらないので、猛烈に抗議した。西条はどこか納得いかない様子で、歩の尻に入れる指を増やす。

「何かうっすら頭に残ってる感じはあるんだが……、あー自分に嫉妬とか、キモいな」

ぶつぶつ呟きつつ、西条が指で内壁を擦る。ピンポイントで感じる場所を擦られ、腰が揺れた。嫉妬と言われ、胸がきゅんとして、潤んだ目で西条を振り返った。西条はわざと歩が乱れるように、入れた指を律動する。

「ん……っ、あ……っ、あ、ん……っ」

性急に内部を弄られ、歩は切れ切れに声を漏らした。いくら父の部屋が遠いといっても、声を聞かれるのはまずいので、必死に手で口を塞いだ。

「はぁ、セックス久しぶりで興奮する」

西条は歩の背中を舐め、上擦った声を上げる。ぜんぜん久しぶりじゃないという突っ込みは、ぐっと堪えた。

「もういい？　入れて」

尻の穴に入れた三本の指を動かして、西条が言う。歩が無言でこくこく頷くと、西条は指を引き抜き、腰を持ち上げた。仰向けになって両脚を持ち上げられ、歩は上気した頬で西条を見上げた。西条はズボンの前をくつろげ、いきり立った性器を取り出す。

「ゴムまであるんだが……。つうか、一個しか残ってねーじゃん」

西条はバッグの中を探り、顰めっ面になる。記憶がなくても、何があったか察したのだろう。

手早く勃起した性器にコンドームをつけて、歩の腰を抱える。

「入れるぞ」

乱れた息遣いで西条が性器の先端を尻の穴に押し込んでくる。ぐぐっと先端の張った部分がめり込んできて、歩は息を荒らげた。西条は熱い息をこぼしつつ、歩の両脚を胸に押しつけ、体重をかけてきた。

「ひ……っ、は……っ、はぁ……っ」

西条の硬くなったモノが奥まで入ってきて、歩は苦しくなって呼吸を繰り返した。どくどくと脈打つそれは、歩の感じる場所を強く擦って深い場所まで侵入してきた。

「あー……、気持ちいー……」

奥まで性器を押し込むと、西条が動きを止めて目を細めた。西条は馴染むまで、歩の身体を撫で回し、じっとしてくれる。正常位で繋がっているので、すぐ近くに西条の顔があって、歩は鼓動が速まった。西条の整った顔が、今は快楽を耐えるように歪んでいる。それが妙に色っぽくて、繋がっている熱をきつく締めつけてしまった。

「う……っ、あんま煽るな。暴走して乱暴にしそう」

内部が収縮するのが気になるのか、西条が息を喘がせて屈み込んできた。

「西条君……っ」

繋がっているのが気持ちよくて、とろんとした目つきで言うと、西条がぺろりと唇を舐めてくる。そのままついばむようにキスをされ、歩は感極まって西条に抱きついた。

「ん、ん……、好きぃ」

歩が西条の唇を吸い返して言うと、大きな手でこめかみから頬を撫でられる。髪を掻き乱され、音を立てて唇を吸われた。

「西条君、好き……、好き」

胸がいっぱいになって何度も繰り返すと、西条が照れたように目元を染める。

「馬鹿、あんま言うな……。動いてないのにイきそうになる」

歩の肩に歯を当てて、西条がゆっくりと律動を始めた。激しくスライドはせずに、小刻みに優しく奥を突いてくる。歩は甲高い声が漏れそうになるのを必死に堪え、西条の背中に足を絡めた。

「ひ……っ、ぁ……っ、い、あ……っ」

トントンと奥を突かれ、繋がっている内部がどんどん熱くなる。西条の性器はすごく硬くて、優しく突かれるだけでも腰がひくつくほど気持ちいい。性器からは先走りの汁が漏れ、白衣がどろどろになっていく。

「悪い、ちょっと一回、イかせて」

西条の息が荒々しくなり、歩の腰を抱え直して、ふいに激しく突き上げてくる。

「ひあ……っ、あ、あっ、あ……っ」

容赦なく奥を穿たれ、歩は仰け反って喘いだ。西条は獣じみた息遣いで、歩を揺さぶってくる。余裕がないのか、歩を押さえつけるようにして腰を振ってきた。

「あ……っ、あ……っ、声、出ちゃう」

肉を打つ淫らな音が響き渡り、歩はあられもない声が上がりそうになり、西条に手を伸ばした。西条は歩の口を塞ぐようなキスをして、腰を突き上げてくる。その動きがピークになり、内部で西条の性器がひときわ大きくなったのが分かった。

「うっく……、う……っ」

西条がくぐもった声を上げ、中で達したのが分かった。唇が離れ、歩は陸に跳ね上げられた魚のように腰をびくつかせた。西条は荒々しい息遣いで歩にのし掛かり、腰を数度振る。

「はぁ……っ、はぁ……っ、すげー気持ちよかった……」

上擦った声を上げ、西条がだるそうに上半身を起こす。そのまま腰を引き抜き、ゴムを取り外す。歩はぐったりして敷き布団に身を委ねた。達してはいないのだが、下腹部はびしょ濡れで、まるで射精したみたいだ。変なのだが、精液は出ていなくても、達したような感覚がある。

「熱くなってきた」

西条は面倒そうにズボンと下着を脱ぎ捨て、布団の横に放り投げる。

「次はお前もイかせるから」

西条は歩の腰を抱え上げ、再び性器を尻の穴に宛がった。射精したはずなのに西条の性器は硬くて、ずぶずぶと内部に入ってくる。ゴムなしで入ってきたのが分かり、ぞくぞくと背筋に急速に快楽が這い上る。

「あ、あ、あ……っ」

今度は後ろから繋がってきて、歩は敷き布団に手を突きながら、太ももを震わせた。西条は背中から歩を抱きかかえ、座位の状態でずんと奥まで性器を突き立てる。

「うあ……っ！　……っ、ひ……っ、ん、あ……っ」

膝の中に抱き寄せられ、西条が片方の手で歩の性器を扱き上げる。もう片方の手で胸元を愛撫され、歩は身悶えた。

「や、ぁ……っ、それ駄目……っ、すぐイっちゃう……っ」

西条の腕の中に包まれ、歩は身悶えて嬌声をこぼした。西条の手で性器を擦られると、あっという間に快楽の波に襲われ、白濁した液体を出す。

「ひ……っ、は……っ、はぁ……っ、はぁ……っ」

歩が射精しているにも拘わらず、西条は乳首を引っ張り、腰を揺さぶってくる。快楽に切れ

間がなくて、歩は発汗した身体をくねらせた。西条は精液で濡れた手で歩の胸元を撫で、乳首を濡らしていく。ぬるついた手で乳首を刺激され、歩はびくっ、びくっと腰を震わせた。

「感度はいいままだな……」

歩の乳首を摘まんで、西条が耳朶に唇を寄せて言う。西条が乳首を弄るたびに、繋がっている奥がひくつくのが分かる。西条は歩の太ももの付け根を撫で、繋がっている部分を指で辿る。結合部を触られると、得体の知れない寒気を感じて声が乱れた。四肢がぶるっと震えて、次に甘い感覚がじわっとくる。歩は潤んだ目で西条に頭を擦りつけた。

「中がきゅんきゅんしてる」

西条は煽るように歩に囁く。あちこちを愛撫され、西条の言うとおり、内部が収縮する。勝手に銜え込んだ奥が動くのが、とても恥ずかしい。

「い、言わないで……、あ……っ、はぁ……っ、はぁ……っ」

歩が涙声で言うと、興奮したように西条が下から突き上げてきた。内部は感じやすくなっていて、西条が動くと、甘ったるい声が自然に漏れ出る。

「気持ちいいな……お前の匂いが濃くなった」

西条が腰を揺さぶりながら、歩の肩に舌を這わす。汗ばんだ身体を舐められ、歩は羞恥心を覚えて前のめりになった。すると西条が歩の腕を後ろから掴み、逃げられないようにする。

「あ……っ、あ……っ、んんぅ、やぁ……っ」

布団に膝をついた歩を、西条が後ろから激しく突いてくる。両腕が自由にならなくて、不安定な体勢で犯される。気持ちよくて、でも声を我慢しなければならなくて、歩は苦しくて身をくねらせた。

「駄目、駄目、イっちゃ……っ、う……っ」

嬌声がこぼれないように、歯を食いしばり、歩は腰を震わせた。西条の性器で奥を突き上げられ、深い快楽の波に引きずり上げられる。

「うう、う……っ、……っ、う、あ……っ‼」

失禁してしまいそうな快感に襲われ、歩はがくがくと身体を揺らした。性器から精液が吐き出され、敷き布団を濡らしていく。絶頂に達した身体は、繋がった西条の性器をきつく締め上げる。

「う……っ、は……っ、はぁ……っ」

西条が苦しげに身を折って、歩の手を離す。歩が自由になった腕で布団に倒れ込むと、西条が息を荒らげながら背中に手を這わせた。

「あーあぶね……。イきそうになった」

西条ははぁはぁと息を喘がせ、歩の腰を引き寄せる。

「ひゃ……っ、は、ひ……っ、はぁ……っ」

事後の余韻に浸る間もなく、西条がまた奥を突いてくる。ぐちゃぐちゃに内部を掻き回され、歩は布団に頬を擦りつけて喘いだ。尻だけを掲げた状態で西条に奥を突かれ、甲高い声が止められない。

「中に出していい……？」

奥に入れた性器をぐりぐりと動かしながら言われ、歩は生理的な涙を流して何度も頷いた。西条は歩の背中に手を這わせつつ、激しく突き上げてきた。

「ひっ、あっ、あっ、あっ、やぁ……っ」

突かれるたびに声が上がり、繋がった内部がどろどろに溶けていくのが分かった。内壁が西条の性器を悦(よろこ)んで締めつけている。全身に甘い電流が走り、自分の吐く息がうるさくて仕方ない。

「はぁ……っ、はぁ……っ」

西条は奥へ奥へと性器を押し込み、やがて熱い液体を中に注ぎ込んできた。それすらも快楽に変わり、歩は四肢を引き攣らせた。

「すっげ気持ちいー……」

乱れた声で西条が言い、歩の身体に覆い被さってくる。互いの身体が熱くて、心地よかった。

歩は満たされた思いで目を閉じた。

　西条が離してくれなかったので、明け方近くまで身体を重ねた。最後にはへとへとになって、疲れ果てて眠りにつく。

　翌日は昼近くになって、クロとタクに襲撃され、やっと目を覚ました。ぼうっとした頭で起き上がると、一枚の布団に二人でくっついて寝ていた。シーツは汚れているし、性行為の後、身体を洗わないで寝たのであちこちに精液の痕が残っている。タクに匂いを嗅がれ、慌てて抱き上げた。

「うう……う」

　西条は必死に掛け布団を身体にまとい、クロの穴掘り攻撃を避けている。クロは完全に遊んでいるつもりで、掛け布団の隙間から中に潜り込み、西条を起こそうとする。タクも上に乗っかり、にゃーにゃー鳴きながら掛け布団を引っ掻いている。

「西条君、俺、先にシャワー浴びてくるね」

　頑なに起きようとしない西条を残し、歩は浴室に走った。精液で汚れた白衣を洗濯機に放り込み、浴室に入り、頭からシャワーを浴びる。全身を綺麗に洗うと頭も覚醒して、浴室を出る頃には理性も戻ってきた。

「昨夜はお楽しみだったみたいだな。もう少し声を抑えて欲しかったぞ」

居間に入ると、自分で朝食を作った父が、ニヤニヤしてからかってきた。歩は赤くなって「申し訳ありません」と小声で謝った。タクとクロ、大和の餌は父が用意してくれたようだ。自分と西条の分の朝食を作ろうと、パンと冷蔵庫の残り物でサンドイッチを作る。一向に起きてこない西条が気になり、歩は朝食を載せたお盆を持って、客間へ行った。

「西条君、さすがに起きたら?」

すでに一時になっていて、日も高く昇っている。布団の中にタクとクロが潜り込んだまま、西条は目を閉じていた。西条に起きてもらって、汚れたシーツを洗いたい。

「……思い出した」

頭まで被っていた掛け布団をずり下ろし、西条がぽつりと呟く。

「え?」

歩が布団の横に正座して覗き込むと、西条がじっと見上げてくる。

「一晩寝たら、記憶が戻ってきた。記憶がない時の記憶……ややこしいな。つまり、全部繋がった。お前のこと忘れて、未海と暮らしてて悪かったな」

西条は一晩のうちに消えていた記憶を取り戻したようで、もぞもぞと起き上がって頭を掻く。西条の記憶がすべて蘇ったことに、歩は驚いた。永遠に失われるかと思ったが、すべての記憶が西条の中に戻ったのか。

「お前……可哀想だな。前も別のやつに言ったら信じてもらえなかったのに、俺にまでつき合ってるって信じてもらえなかったなんて」

憐れむように西条に言われ、歩は顔を引き攣らせた。

「俺を可哀想にした本人が言うんだ……」

本当にあの一件は、傷ついた。西条に思いきり笑われたことは、この先も忘れない。

「マジですまなかった……」

つらそうに西条に謝られ、歩は許そうと頬を弛めた。

「西条君……そんな、西条君のせいじゃ」

「でも一番悪いのは約束破ったお前だよな。は？　一年の予定が倍の二年とか、てめぇ、舐めてんのか？」

西条君のせいじゃないと言おうとした矢先、威圧感を持って詰られて歩はしゅんとした。

「それについては返す言葉も……」

「ぶっちゃけ捨てられてもしょうがねぇぞ？　正直、いくら経ってもこねーから、マジで浮気してやろうと思ったくらいだからな？　この詫びはどう償ってもらおうか」

ねちねちといたぶられ、歩は身をすくめた。

「うう、本当に申し訳ありません！」

歩は土下座して、大声で謝罪した。額を畳に擦りつけ、西条の怒りが収まるのを待つ。自分にできることは限られているが、何でもしようと決意した。口ではこう言っているが、西条は結局、歩以外の人とは関係を持たずに待っていてくれた。

「……は、まぁでも」

西条が土下座する歩を見やり、笑い出す。

「お前、修行の成果出てるじゃん。すげーな。何だかよく分からねーけど、未海のやつ、憑きものがとれたみたいにふつうになってたな。お前、マジで坊さんにでもなんの？」

数日の間に行われた祈禱の記憶も蘇ったのか、西条が感心した声を出した。そろそろと顔を上げると、西条に怒っている様子はない。むしろ褒めるように肩を叩かれた。

「霊なんていないってずっと思ってたけど……」

西条は膝に乗ってきたタクの身体を撫でて、小さく笑う。

「お前の姿見てたら、目に見えない存在ってあるんだなって思ったわ。退治っての？　よく分かんねーけど、俺とおふくろの周囲がすっきりしたっていうか。供養って大切なんだな。お前がいないし、めんどくせーからいいやと思ってた自分を反省した。ちゃんと年に一度は供養するよ。そうするだけで、楽に生きられんだから」

　晴れ晴れとした表情で西条に言われ、歩は妙に感動して目を潤ませた。

　西条はずっと霊や見えないものを否定してきた。その西条が、こんなふうに認めてくれた。何度口で言っても拒否してきた彼が、歩の姿に意識を変えてくれたのだ。

「西条君……嬉しいよ」

　長年の思いが報われた気分で、歩は西条に抱きついて涙を滲(にじ)ませた。西条も笑って抱きしめてくれる。歩と西条の間に挟まれたタクが、不満げににゃあと鳴いて飛び出した。タクは八つ当たりするようにそこにいたクロに飛びかかる。

「お坊さんになるかは分からないけど、父さんの跡は継ぐかも……。今回の件で、俺も少し自信がついた」

　タクとクロがじゃれている姿を見ながら、歩は西条にもたれかかって言った。

　数日に及ぶ大がかりな祈禱を無事に終えたことは、歩にとって大きな自信となった。苦しんでいる人を助けたいという気持ちは昔からあったけれど、父の仕事をすべて受け入れるのは難しかった。けれど、今回の件で分かったのだ。父の真似(まね)をする必要はない。自分なりの『拝み屋』の仕事を模索していけばいいのだと。

「そっか……。俺は別に何でもいいよ。お前の好きなことすれば」

西条は歩の額にキスをして言う。父の仕事を継いだら西条は嫌がるのではないかと思っていたので、予想外の言葉だった。西条の懐は意外と広く、どんな自分でも受け入れてくれるのだと分かった。

「西条君、ずっと一緒にいようね」

西条に抱きついて、歩は目を潤ませて言った。物理的な距離が開いても西条とはこうして、一緒になれた。もう自分たちに怖い物はない。何者も自分たちを引き裂けないのだと強く感じた。

そこに確かな愛があるから。

「俺を離すなよ」

歩の肩に顔を埋め、西条が呟いた。熱く、心地いい体温を感じ、歩はうっとりと目を閉じた。

■7　新しい日常

二十八歳の誕生日に、天野歩は新居に引っ越していた。歩は八月生まれで、星座は獅子座だ。とろくてリーダーシップを取るタイプではないので似合ってないと言われる。去年の誕生日は山にこもって修行中で、誕生日を祝う暇などなかった。今年は大好きな西条と再会できたので、久しぶりに楽しい一日になると思っていた。

「嬉しいなぁ、また一緒に暮らせるんだね」

食器棚に食器を並べながら、歩はにこにこして言った。

修行から戻ってきて、西条の記憶がなくなるという想定外の出来事は起きたものの、今はすべて解決して穏やかな日々を取り戻している。

西条は、再び塾の講師として働き始めた。以前働いていた塾と系列は同じだが、別の支社に勤めることになった。三カ月ほど歩の実家に居候して、歩の家から会社勤めをしていた西条は、七月中旬になって「引っ越そうと思う」と言いだした。

「いつまでもお前の実家に寄生してられねぇからな。新居の目星はつけてきた。また一緒に暮らそうぜ」

当たり前のように歩を誘ってきた西条に、飛び上がって喜んだのは言うまでもない。

「えーっ、嬉しい！　ホント？」

歩は西条が持ってきた賃貸物件の資料を手に取り、目を輝かせた。安定した職に就くと新しい家に住みたくなるものらしく、二人暮らしができる間取りのマンションを見つけてきたそうだ。ここから車で十五分程度の距離だ。

「ああ。お前んちでエッチするの、気ぃ遣うから」

しれっと西条が言って、歩は父に聞かれていないかと慌てて周囲を見回した。夕食後に引っ越す話をしていたので、幸い父は風呂に入って居間にはいなかった。

「西条君、ふつうは相手の家でそういうことしないいんじゃないの？」

歩はぽっと顔を赤らめて言った。西条は歩の実家でも父の目を盗んでちょくちょく色っぽい行為に及んでいた。とても気を遣っていたとは思えなくて、疑惑の眼差しを向けた。

「お前の親父さん、気にしてないじゃん。お前の親父って、いろいろ超越してるよな」

西条はちゃぶ台の上を片づけて笑う。父は確かにおおらかというか、他者のすることを気にしない。歩が男の恋人を作っても、「お前、面食いだったんだな」というくらいで、孫ができないとか、世間体が悪いとかいう話は一切なかった。もともと『拝み屋』という世間の常識からずれた生業をしているからだろう。

西条とまた一緒に暮らせるのは歩にとっても嬉しい提案だ。実家にこのままいてもいいが、西条が入り婿状態なのは気を遣うだろうと思っていた。

早速内見に行こうと誘われ、歩も喜んで翌日の日曜日に出かけることを了承した。歩のオッケーが出れば、手続きに入るそうだ。

西条が見つけてきた物件は、実家の最寄り駅から五つ離れた駅の近くだった。十三階建ての築五年のマンションで、お目当ての部屋は十階の角部屋だった。

「わー。今度のところ広いね」

不動産会社の人に案内されて中に入った歩は、クロスを張り替えたばかりの綺麗な内装の部屋に心を躍らせた。前は2LDKの部屋に住んでいたが、今度は駅近で3LDKの広い部屋だ。何でも以前より地価が安いので似たような金額でも広い部屋に住めるとか。キッチンも広いし、それぞれの部屋も綺麗だ。何よりも部屋全体にいい気が通っていて、申し分なかった。霊にとり憑かれていた西条だから、ひょっとして事故物件的なものを引き寄せるのではと邪推したが、間違いだったようだ。

「すっごくいいいと思う」

全部の部屋を見て回って、歩は太鼓判を押した。西条は歩の反応を見て安堵したように頷いた。

「よし、決まりだな」

西条はすぐさま不動産会社の人に手続きを申し込んだ。家主は西条なので、歩は横で見守るだけだ。歩の職業や収入に関してはとても見せられるものではないので、西条のような一般的に信頼のおける人が恋人でよかったなぁと思った。

数日後には審査も無事通り、新居に引っ越しできることになった。

「前住んでた時の家具は全部捨てちまったからな。新しい家具、買いに行こうぜ」

西条は機嫌のよい顔で歩を家具屋に誘う。西条は物質への執着が薄いので、以前住んでいたマンションを引き払った際、ソファもベッドも棚も全部捨てたそうだ。二人で新居に似合いそうな家具一式を揃え、三日後には父の出した軽トラを使って、引っ越しをした。

「そんじゃな。俺はもう行くぞ」

軽トラを出してくれた父は、全部の荷物を下ろすと、あっさりと手を振って去って行った。

一人息子が家を出るとはいえ、毎日仕事で顔を合わせるから特に寂しくはないらしい。

「お前、ここから通うの面倒くないの？」

物件を見つけてきた西条は、荷物を運びながら気になったように聞いた。西条の勤め先に近い物件な分、歩の実家が遠くなった。西条には父の跡を継ぐつもりと言ってあるので、気にしているのだろう。

「うーん、でも別にタイムカード押すわけでもないし……。大丈夫だよ」

父の仕事を継ぐと決めたものの、マニュアルがあるわけでもないし、時間の拘束があるわけでもない。西条のようにきっちりと決められた時間で仕事をしている人を優先したほうがいい。それに、実際家賃や光熱費を払っているのは西条だ。歩は以前の通り、食費と猫に関するお金だけでいいと言われた。

「ところで、タクどこいった？　またいないんだけど」

食器棚に食器を全部しまい終えて、歩はきょろきょろと部屋を見回した。昔も引っ越し初日に姿を消していた。飼い猫のタクは一緒に暮らすつもりだったので、実家から連れてきた。飼い犬のクロが寂しそうだったのが申し訳ない。オウムの大和は危機が去って安心しているだろう。

「どうせまたベッドの下じゃねーか？　あれ、いねぇ」

浴室の棚を設置し終えた西条が、寝室のベッドの下を覗き込む。寝室にはいなかったらしく、首をひねってあちこちを見て回っている。

「お、いたいた」

しばらく探し回った末に、段ボール箱の中からタクを見つけて西条が笑った。タクは空き箱の中に丸まっていた。西条がひょいと取り出すと、タクは不満げににゃあと鳴く。

「ちょっと待ってろ、お前のために買ってきてやったぞ」

西条はまだ未開封の段ボール箱を開けながら言った。

箱の中身はキャットタワーだ。以前はなかったのだが、新居に引っ越すに当たって、西条が「タクへの詫びを買おう」と言い出して、ペットショップで購入した。西条なりにタクを振り回したことを反省しているらしい。

西条と一緒にキャットタワーを組み立て、できあがった頃には夕食の時間になっていた。完成したキャットタワーは天井につくほどの高さがある立派なもので、タクは興奮してすぐさま飛び乗った。

「猫ってホントに高いとこが好きなんだな」

キャットタワーの一番上のカゴに丸まって入ったタクを見て、西条が感心する。タクへの詫びのプレゼントはお気に召したようだ。

新居を改めて見直すと、以前住んでいたマンションのことを思い出した。L字型のソファやダイニングテーブルが以前使っていたものと似ているせいかもしれない。

「また二人だね」

歩が笑顔で言うと、西条がにやっと笑って歩にキスをする。

「今夜は思う存分、声を出せるぞ。その前に、何か食いに行こうぜ」

　色っぽい目つきで言われ、歩は頰に朱を走らせた。実家では大きな声を出せなかったので、西条は不満だったらしい。西条は歩がめろめろになってあられもない声を出すと興奮するようだ。

「そうだね、この辺のお店知りたいし」

　初めて住む土地なので、土地勘もないし、どんな店があるのかも分からない。まだ夕暮れ時だったので、西条と散歩をしようと出かけた。最寄りの駅が各駅停車しか止まらないので、のどかな街並みだ。マンションの近くにスーパーを見つけ、薬局やコンビニ、雑貨屋を見て回った。商店街もあるし、病院も消防署もある。新しい土地は問題なさそうだった。

「西条君、俺たちの絆が深くなった気がしない？」

　小川の脇の遊歩道を並んで歩きながら、歩は自然と微笑んで言った。

「さぁどうだかな。次、二年離れるとか言われたらマジで別れるぞ」

　西条は雑貨の入った袋を揺らして言う。

「さすがにもうないと思うけど……。逆に西条君は大丈夫なの？　転勤とかないわけ？　地方の塾に行ってほしいとかさ」

　塾講師に転勤があるかどうか知らなかったので、歩は気になって尋ねた。

「地方行けとか言われたら、仕事辞める」

あっさりと西条に言われ、歩はびっくりして立ち止まった。

そんなに簡単に決めていいのだろうか？　コンビニの仕事しかしたことのない歩には分からないが、転勤というのは断れないものなのではないか。それにせっかく就いた職をそんな簡単に捨てていいのか。

「俺はもう大事なものは何か分かってるよ」

立ち止まった歩を振り返り、西条が見惚（みと）れるような笑顔を見せた。その綺麗な顔立ちにきゅんと胸が熱くなって、歩は思わず駆け出した。西条の胸に飛び込み、嬉しくなって抱きつく。

「西条君、ありがとう。——いろいろ、本当にありがとう！」

西条への感謝の気持ちで胸がいっぱいになり、歩は目を潤ませて言った。

今日からまた新しい西条との日常が始まる。何て素晴らしいことだろう。これからたくさんの思い出を積み重ねて、西条と幸せな日々を過ごしたい。

「気味わりぃ」

目をうるうるさせて言ったのに、西条はおかしそうに笑ってひどい言葉を投げつける。そんな西条が大好きだと再確認し、歩は明日への一歩を踏み出した。

あとがき

こんにちは&はじめまして夜光花(やこうはな)です。

不浄の回廊シリーズ四冊目です。ありがたいことに新作出しませんかと言ってもらえたので、ものすごく久しぶりに不浄シリーズを書きました。

歩がやっと修行から戻ってきました。修行行くってところで何年か空いたので、私の中では修行から帰ってこないものだと思っていたのですが、どうやら修行が終わったようです。久しぶりすぎて、歩と西条がどんな感じだったか思い出すのに手探り状態でした。なんか前と違うと思われたらすみません。

既刊をチェックしていたら、ペットの名前が適当すぎて天野家っぽいなと思いました。天野家は来るもの拒まず精神なので、これまでもいろいろ飼ってきたのでしょう。でもタクを放置しすぎて飼い主失格ですね。西条の母親は、タクがいなくなって寂しくなって新しい猫飼いそうです。

あと歩も西条も友達いなくてびっくりです。最初の西条を捜すシーンで、あまりにも聞く相手がいなくて呆然としました。西条はともかく、歩はフレンドリーな感じなのに……。しかしよく考えてみれば自分の書くキャラクターって友達いないかごく少数みたいなのが多く、これは私自身に問題があるのでは？　という結論に至りました。ということで今後は友達の多いキャラクターを作っていきたいと思っています。

イラストは引き続き小山田(おやまだ)あみ先生に描いてもらえました。長きに亘りありがとうございます。どんなイラストがくるか楽しみでなりません。小山田先生の描く西条は本当にかっこよいので、期待大です。いつもありがとうございます。

担当様、古いシリーズを引き立ててくれてありがとうございます。おかげで四冊目が出ました。またアドバイスよろしくお願いします。

読んでくれた皆様、感想などありましたらぜひお聞かせ下さい。読者様の応援のおかげで不浄シリーズ出ました。嬉しいです。ありがとうございました。

ではでは。また次の本で出会えるのを願って。

夜光花

この本を読んでのご意見、ご感想を編集部までお寄せください。

《あて先》〒141-8202　東京都品川区上大崎3-1-1　徳間書店　キャラ編集部気付
「欠けた記憶と宿命の輪」係

【読者アンケートフォーム】
QRコードより作品の感想・アンケートをお送り頂けます。
Chara公式サイト http://www.chara-info.net/

■初出一覧
欠けた記憶と宿命の輪……書き下ろし

Chara
欠けた記憶と宿命の輪……【キャラ文庫】

2022年4月30日 初刷

著者 夜光 花
発行者 松下俊也
発行所 株式会社徳間書店
〒141-8202 東京都品川区上大崎 3-1-1
電話 049-293-5521（販売部）
03-5403-4348（編集部）
振替 00140-0-44392

印刷・製本 図書印刷株式会社
カバー・口絵 近代美術株式会社
デザイン 百足屋ユウコ+タドコロユイ（ムシカゴグラフィクス）

ISBN978-4-19-901064-4

夜光 花の本

好評発売中

[不浄の回廊]

イラスト✦小山田あみ

中学の頃から想い続けた相手は、不吉な死の影を纏っていた――。霊能力を持つ歩が引っ越したアパートで出会った隣人は、中学の同級生・西条希一。昔も今も霊現象を頑なに認めない西条は、歩にも相変わらず冷たい。けれど、以前より暗く重くなる黒い影に、歩は西条の死相を見てしまう。距離が近づくにつれ、歩の傍では安心して眠る西条に、「西条君の命は俺が守る」と硬く胸に誓うが…!?

夜光 花の本

好評発売中

「二人暮らしのユウウツ」

不浄の回廊2

イラスト✦小山田あみ

口が悪くて意地悪で、超現実主義者の西条希一と同棲生活も半年──。霊能力を持つ天野歩に、ポルターガイストに悩む乳児の母親が相談にやって来た。ところが、その女性は西条と過去に関係があり、赤ん坊は西条の子だと衝撃の告白!!　さらに、同窓会で再会した元同級生が、西条との仲を取り持つよう迫ってきた!?　甘いはずの同棲生活に不穏な空気が流れはじめて──。

夜光 花の本

好評発売中

[君と過ごす春夏秋冬]

不浄の回廊番外編集

イラスト✦小山田あみ

超のつく現実主義者の西条と霊が視える憑依体質の歩は、同棲中の恋人同士。ところがある日、頑なに霊を信じない俺様の西条が別人のように激変!? 「愛してるよ歩。食べちゃいたいくらい可愛い」まさか西条くんが変な霊に取り憑かれちゃった…!? 歩が霊能力の修行を決意する「キミと見る永遠」、その出立前夜を描く「別れの挨拶は短めに」など、甘くも波乱含みな日々が詰まった待望の番外編集♥

夜光 花の本

好評発売中

［式神見習いの小鬼］

イラスト✦笠井あゆみ

見た目は凛々しい青年だけど、頭の中身は小学生男子⁉　人間と鬼の間に生まれた半妖の草太（そうた）は、人間社会に溶け込むため、当代一の陰陽師・安倍那都巳（あべなつみ）の住み込み弟子をすることに‼　妖魔退治を手伝ったり、お供としてTV収録に同行したり…。好奇心旺盛だけど未成熟な草太に想定外な欲情を煽られて、那都巳はついに性の手ほどきまでしてしまい⁉　純真無垢な小鬼と腹黒陰陽師の恋模様‼